U0105894

詩比歷史更真實？

白耀燦歷史戲劇作品集

上冊

白耀燦 著

商務印書館

詩比歷史更真實？——白耀燦歷史戲劇作品集

作　　者　白耀燦

行政統籌　國際演藝評論家協會（香港分會）有限公司

編務統籌　陳國慧　石育棓＊　楊寶霖

責任編輯　林雪伶

裝幀設計　麥梓淇

內文設計　莫永雄 @Deep Workshop　麥梓淇

排　　版　周　榮

印　　務　龍寶祺

出　　版　商務印書館（香港）有限公司

　　　　　香港筲箕灣耀興道 3 號東滙廣場 8 樓

　　　　　http://www.commercialpress.com.hk

發　　行　香港聯合書刊物流有限公司

　　　　　香港新界荃灣德士古道 220−248 號荃灣工業中心 16 樓

印　　刷　寶華數碼印刷有限公司

　　　　　香港柴灣吉勝街勝景工業大廈 4 樓 A 室

版　　次　2024 年 3 月第 1 版第 1 次印刷

　　　　　© 2024 商務印書館（香港）有限公司

　　　　　ISBN 978 962 07 6731 9

　　　　　Printed in Hong Kong

著作權歸屬作者。如欲演出本書劇本，或改編成不同媒體製作，
請聯絡：iatc@iatc.com.hk 。

　資助
Supported by　

國際演藝評論家協會（香港分會）為藝發局資助團體
IATC(HK) is financially supported by the HKADC

香港藝術發展局全力支持藝術表達自由，本計劃內容並不反映本局意見。

Hong Kong Arts Development Council fully supports freedom of artistic expression. The views and opinions expressed in this project do not represent the stand of the Council.

＊藝術製作人員實習計劃由香港藝術發展局資助。

The Arts Production Internship Scheme is supported by the Hong Kong Arts Development Council.

序　言

盧偉力

一位作者的序章

看《詩比歷史更真實？—— 白耀燦歷史戲劇作品集》，多種感受同時浮現。

自大學時代醉心戲劇表演，一生從事文化歷史教育的白耀燦，在歷史戲劇書寫中找到了融合自我生命潛能的方式，可喜可賀。

上下兩冊三長兩短五個作品，我們體會到本地戲劇作者白耀燦能夠在中國歷史題材，尤其是在現代革命歷史中，突顯香港知識分子的視野，從人文脈絡與政治環境變化中呈現香港人、呈現香港，可敬可佩。

然後我又覺得可惜。一位懂戲劇、有歷史識見的作者，創作了五個直抒史觀，坦蕩襟懷的作品，他沒有再寫了。

1995 年推出《多餘的話——瞿秋白的挽歌》（本書收錄九六年重演版《瞿秋白之死》），2001 年推出《袁崇煥之死》，2009年前後創作了《風雨橫斜》、《斜路黃花》一短一長關於香港人參與清末革命的兩個戲，2010 年寫涉及三十年代的《戰火梨園》短劇。之後，白耀燦沒有再寫劇本了。

「你應多寫劇本。五年必有所成。」我好像對他說過類似的話。

那時大概在辛亥革命一百週年前後，我得悉白耀燦決定提早從教育職場退休，專注發展志趣，我期待他陸續推出歷史戲劇作品。

五年必有所成。我是相信的，因為我能感受到白耀燦創作的泉眼：成長於香港而體會着中華民族的憂患。

然而在往後的日子，白耀燦固然在舞台上把自己的歷史感注入角色，創造了包括科學家波爾、詩聖杜甫等好一些有血有肉有靈魂的人物形像，卻沒有在書桌前進一步把自己的心血流進歷史的脈絡，創作歷史戲劇，為未來讀者和觀眾，建構歷史現場的想像。

是演員白耀燦在抑制着編劇白耀燦嗎？抑或是在特定的歷史處境中某種文化失語？

失語是誠實作者生命實踐的延展。上面的問題，或許可從這本書中看到端倪。

七、八十年代，白耀燦主要擔任演員，間或導演，但絕少編劇，所以九十年代的《多餘的話——瞿秋白的挽歌》是白耀燦以戲言志之作。那時期的香港知識分子，都必須真誠地反省自己的文化身份認同，曾經擁抱過的價值、意識型態，自發再審視。

> 「夫以銅為鏡，可以正衣冠；以古為鏡，可以知興替；
> 以人為鏡，可以明得失。」《舊唐書·魏徵列傳》

白耀燦的歷史戲劇創作，始於「瞿秋白之死」。他以史為鏡：一位文化人即使在政治集團高位之上，在生死關頭，亦會淪為軍

人們的「長征棄兒」。這是極有意識型態指向的戲劇構作。白耀燦亦以人為鏡，照明自己和同代人的樸素而含混的身份認同。民族、文化、階級、信仰、社會改革、人生意義……一系列範疇，容讓大家觀照。

以史為鑒的意識，是歷史戲劇的基礎。現在世界正發生的事，究竟是必然抑或是偶然？在影響中國歷史進程的人和事中，我們能看到甚麼的啟示？

白耀燦以《詩比歷史更真實？》為書名，在修辭上是對亞里士多德《詩學》說法的反問。亞里士多德認為「詩比歷史更富哲學意味，更值得重視」，因為詩（創作）可能呈現事態之多元、呈現普遍的可能性，而歷史只是已經發生的突然。

提問所關心的是「真實」，意味歷史人白耀燦以歷史作為「真實」的參照。在多次公開發言中，白耀燦強調他是在當代掌握的史實／史料基礎上，投入戲劇想像。

本書劇本，數量雖然不多，但在史觀上，卻明顯地看到戲劇人白耀燦在思考史實以上的「真實」。白耀燦愈寫下去愈傾向於普通人而融進上天下地之情義。這點是現代戲劇在十九世紀中的轉向，亦是二十世紀中當代史學的一個轉向。

鑒照了共產黨人瞿秋白之死，順理成章的封建皇朝忠臣袁崇煥之死，在戲劇書寫上也就變得不重要了。所以《袁崇煥之死》是以自我設限的一個普通人家族及其當代後人的生命史為戲劇行動，道明袁崇煥之不死。

白耀燦的歷史戲劇在短短五年就有了範式轉移，非常難得。

從亞里士多德年代，到十七世紀英國、法國、十八世紀德

國，戲劇主角都是皇侯貴族。二十世紀中國大量歷史劇亦以帝王名士為對象。所以，以普通人書寫歷史，是歷史戲劇作者白耀燦的獨特之處。

個人在歷史中扮演甚麼角色？

白耀燦的歷史戲劇主要提出這問題。

動筆寫這篇序之前，想起克羅齊「一切歷史都是當代史」的命題，想到八九十年代勃興的新歷史主義、海登‧懷特的後設史學主張等，想明確地指出：歷史是解釋的，而不是發現的；歷史是主體對客體的動態建構。但走筆至此，這些都不需要了。歷史劇是劇作者跟歷史的對話，歷史未終結，我相信白耀燦的歷史戲劇亦會待續。

我們在海角以戲言志，希冀有時，失望有時，迷茫亦有時。然而，我們懷普世價值，評說春秋，自然氣度自若，得心應手。

目　錄

三、《斜路黃花》(2010)

劇照及圖片選輯

《瞿秋白之死》(1995)

瞿秋白:「人之公餘稍憩,為小快樂;夜間安眠,為大快樂;辭世長逝,為真快樂。」

歌隊：「國亡了，同胞起來呀！」

歌隊：「他是瞿霜，也就是瞿秋白。」

歌隊：「甚麼是無產階級？」

歌隊：「赤潮澎湃，曉霞飛動，驚醒了五千餘年的沉夢！」

瞿秋白：「這位羅明那茲先生，他是共產
國際的代表……」

瞿秋白：「大先生，這個我一定帶上。」

瞿秋白：「我這滑稽劇是要閉幕了。」

紗幕背後現場鋼琴彈奏「秋白主題隨想曲」

瞿秋白（1899-1935）

瞿秋白（1920年前後攝於北京）

瞿秋白（1899-1935）與
妻子楊之華（1901-1973）

瞿秋白篆刻：「秋之白華」

瞿秋白篆刻：「秋白之華」

徐悲鴻繪：《魯迅與瞿秋白》

長汀刑場瞿秋白行刑前遺照

《袁崇煥之死》(2001)

劇作者初次探訪佘幼芝時現場寫下的感言原稿照片

敬愛的佘太太（作者按：應稱佘大姐）：

今天是我們第一次的見面，真是天賜機緣，與君一席話，真令弟感動不已。袁家與佘家是中國魂的實踐者，袁督師英靈已在泉下，佘家卻仍是活的見証（證）！這個世代，知（資）訊發達，可是道德卻在沉倫（淪），佘太太話中對國人、對年青一代的勸勉，與及她（作者按：應是「你」）本人和整個佘家十七代的矢志不渝，是絕無稀有的，也是絕頂珍貴的，小弟恭聽之餘，慚愧不已，惟有勉力在教育崗位上向我的學生好好地把「袁佘忠義」的精神盡我能力發揚開去。閣下是北京人，小弟是香港人，是「中國」這個弘寬博大的魂把我們連在一起……急就章，不知所云，請見諒！

祝身體健康，祖國進步！

後學白耀燦（香港）

1998 年 7 月 1 日

xvi

1999 年劇作者二次探訪佘家，佘幼芝展示 1952 年四位名士上書中央及毛澤東的親筆批文

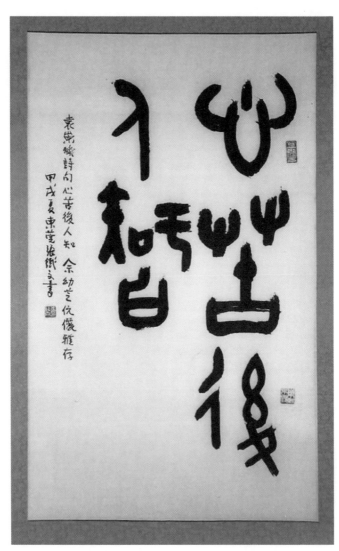

佘幼芝家中掛上袁崇煥詩句「心苦後人知」

佘幼芝、焦立江偕外孫女與劇作者夫婦攝於袁墓前，2000 年 4 月 23 日

原來的袁祠被居民佔住，分隔成十多戶的大雜院，佘家便是從這窄巷轉入

佘家隱於破落袁祠之一角，2001 年 8 月 14 日

《袁》劇 2001 年 3 月首演宣傳單張

《袁》劇 2002 年 3 月重演
宣傳單張

佘幼芝、焦立江與劇作者攝於《袁》劇首演劇院海報前

傳令官：「魏公公侄孫魏鵬冀，彌月沖喜，福澤遼邊，封安平爵……」

崇禎帝：「朕是九王之尊，哪怕你們這些遊魂野鬼？」

佘義士：「我們的子孫做得到嗎？」

佘幼芝:「我做得到!」

《斜路黃花》(2010)

福安里、華寧里和普慶坊的交匯處。劇作者從這些縱橫交錯的中上環斜路得到了創作的靈感

上斜下坡，總得要多花一點力，多費一點勁，呼吸也要來得深且密，心肺擴張，血脈奔流，生命的氣息，也就更加流轉

條條斜路，不論拾級而上，或是疾步而下，都會多了角度，多了層次，也豐富
了內蘊，總令人覺得多添了一份山城迷人的魅力

劇照及圖片選輯

演出團隊於 2010 年 1 月 10 日楊衢雲遇刺109 周年在香港墳場內仰瞻無名碑，緬懷英烈魂

紅底白字的孫中山史蹟徑站牌説明，今已改為藝術裝置，標示革命遺址所在

重演記者招待會：（左起）導演羅靜雯、演員勞敏心、編劇白耀燦、演員廖安麗

傅小紅：「喺台上演活一個角色，呢個係我嘅夢。」（首演）

和記棧「議反」（重演）

鄧蔭南：「我反對！『大明順天國』，太有太平天國嘅影子嘞。」（重演）

李紀堂：「慕生喺廣州出咗事！」（重演）

陳順嬌：「伯鑾！你唔去得㗎！你去親就返唔到嚟，周家就冇喇！」（重演）

周伯鑾：「坤，大哥對你唔住！」（首演）

xxx

《斜路黃花》2010 年 1 月首演單張　　《斜路黃花》2011 年 5 月重演單張

一、《瞿秋白之死》

（1995）

編劇的話

　　李後主，文采風流，感情真摯，卻是亡國之君。「何必生在帝王家？」一語道盡了這場歷史的誤會。

　　瞿秋白，天才洋溢的文藝學者，軟心腸的詩人，對一草一木也傾情，卻捲入了無情的政治鬥爭中，投進激烈的革命洪流裏，更一度成為中國共產黨最高層的領導者，指揮着燒殺土改的暴動。他被國民黨抓着，行刑前，在獄中寫下了〈多餘的話〉的自白，說道也是一場「歷史的誤會」。

　　可是，面對着大時代的呼召，稍有熱血的，稍具悲憫之情的，如何逃避？這是歷史的責任！

　　「犬耕」是瞿秋白的筆名。犬，不只守門，更且耕田，力雖不逮，其情可憫；臨刑不屈，其志可敬；獄中剖白，其真可鑒。

　　瞿秋白給自己譜寫了生命的挽歌，我不自量力，以劇和唱。是頌唱？是悲吟？是唏噓？

　　只知道，比諸今日開口愛國閉口愛港的牆頭草、風擺柳，瞿秋白活出了大地的良心、中國的尊嚴！

白耀燦

（1995 年首演、1996 年重演「編劇的話」整合本）

劇本

《瞿秋白之死》

原名：《多餘的話 —— 瞿秋白的挽歌》

《瞿秋白之死》原名《多餘的話 —— 瞿秋白的挽歌》，
1995 年 2 月首演，白耀燦編劇，兼任導演，並演出瞿秋
白一角。1996 年 6 月重演，劇目改稱《瞿秋白之死》，導
演由張秉權出任。以下文本乃重演版，當中導演的處理
特以標楷體標示。

分場表

4

【舞台中央搭建了一個傾斜的平台，上面鋪蓋了黃色的泥土，間中雜有一些枯草，角落處有亂石、敗瓦。平台曲折遠去，恍若一條通往未來的道路。】

【傾斜的平台盡處，即上舞台中央，一塊白色的紗幕後面，放置了鋼琴。但現在觀眾看不到紗幕和鋼琴，因為一塊大紅布在紗幕前面自頂而下伸延，蓋過了大部分的平台，直至下舞台台口。觀眾只能在紅布的邊緣看到部分黃土。】

【平台兩邊是原舞台的黑色地板，在暗淡的工作燈光照明下，放置了道具的桌子、掛在支架上的演員服裝、以及十二個供演員在不同場次運用的三角形白色木箱子。】

【這是一個開放的舞台。】

【火車聲漸入，並持續了一段時間。】

引子

【舞台的原側門打開，燈光漸亮，演員魚貫而上。】

【演員集合在上舞台的三角形木箱區。大紅布突然拉起，燈光漸暗。】

【火車聲持續，並漸大。火車聲漸轉為依稀的畫外音，畫外音漸變清楚了。】

瞿秋白　（畫外音）……分析了當前的革命形勢和任務，中共中央確定了武裝反抗國民黨反動派和實行土地革命的總方針。我們要建立革命軍隊，要用軍隊來發展土地革命，組織農民暴動，在兩湖、東江、浙江……發動秋收起義。

【舞台中央燈漸亮，瞿秋白在燈光中站立、回憶……】

【畫外音繼續。】

6　　瞿秋白　（畫外音）面對着反動的地主階級敵人，要不惜採取強硬的燒殺政策。現在革命運動雖有挫折，但形勢卻在不斷高漲中，革命是無間斷的，城市、農村的工農鬥爭將爆發而成全國的大暴動。今後，中國革命必須由真正的無產階級政黨——共產黨，中國的布爾什維克來領導……

【畫外音淡出。】

【燈暗。】

第一場
刑前高歌

【1935 年 6 月 18 日，上午 10 時，福建長汀中山公園羅漢嶺下。四周是夏蟬、蟲鳴的聲音。】

【燈漸亮。】

【國民黨三十六師士兵八人分成兩隊從台兩邊出，列隊站立。三十六師師長宋希濂繼上，至一小亭前立。亭內備有酒肉。負責拍照的士兵站在一旁候命。】

宋希濂　（禮貌地請瞿往亭上）老師，請慢用。

【燈區擴大了，只見兩排國民黨士兵在兩側持槍肅立。】

【瞿從回憶中回來，輕輕一笑，悠然步上亭子，坐下，自斟自飲。】

瞿秋白　人之公餘稍憩，為小快樂；夜間安眠，為大快樂；辭世長逝，為真快樂。

宋希濂　奉蔣委員長諭，須拍照呈驗，老師，請。

【瞿穿黛色布褂子、潔白布短褲、黑色線襪和布鞋。雙手交放背後，站起來。】

瞿秋白　這樣可以嗎？

宋希濂　可以了，老師。

【宋示意拍照士兵架好攝影機，拍了一照。】

【瞿緩步向前，士兵欲隨，宋示意止之。】

【瞿邊踱步，邊高歌《國際歌》第一闋。】

瞿秋白　（唱）「起來，受人污辱咒罵的！起來，天下飢寒的奴
　　　　隸！滿腔熱血沸騰，拼死一戰決矣。舊社會破壞得徹
　　　　底，新社會創造得光華。莫道我們一錢不值，從今要普
　　　　有天下。這是我們的階級，最後的決死爭，同英德納雄
　　　　納爾，人類方重興！這是我們的階級，最後的決死爭，
　　　　同英德納雄納爾，人類方重興！」

【歌畢，環視四周 ——】

瞿秋白　山上青松挺秀，山前綠草如茵，此地很好，就在這裏。
　　　　宋師長，我有一個請求：我不能屈膝跪着死，我要坐着。

宋希濂　好。

8

【瞿盤膝背向觀眾而坐。】

【宋示意兩排士兵列成一排，舉槍。「砰！砰！」燈暗。】

第二場
身後留名

【幻燈投射字句出現在中央〔鋼琴前〕的紗幕上：《瞿秋白之死》／致群劇社演出／1996年6月／瞿秋白死後61年。】

【歌隊拿着地圖，以敲門的姿態在舞台上尋尋覓覓。歌隊人數沒有一定限制，今設為12人，以A、B、C、D、E、F、G、H、I、J、K、L分稱，身份角色可按情況靈活調用。】

歌隊 A （以報販身份，拿着一疊地圖／「報紙」）號外，號外！共匪瞿秋白已被槍決了！共匪瞿秋白已被槍決了！（向觀眾）這份是1935年出版的《社會新聞》，是國民黨中央統戰局辦的。（向群眾）還有瞿秋白獄中的遺書〈多餘的話〉。……

【眾紛紛購報，散開閱讀。】

歌隊 B （讀報）「共魁瞿秋白已伏法於閩南。此為近年來剿滅共匪事件上之一大收穫。中國共產黨之積極破壞中國革命，並發動各處暴動，甚至流為土匪，其關鍵全在民國十六年之『八七會議』，而此會議之中心人物，及會議後之政治領導者，即為今日伏法之瞿秋白……則瞿秋白罪惡之重大，雖十死不足以贖其辜。」──活該！（拋下報紙）

歌隊 C　（讀報）「觀瞿秋白遺書〈多餘的話〉，則瞿之狡猾惡毒，真可謂至死不變。進既無悔禍之決心，退亦包藏顛倒黑白之蓄意。」——可恥！（丟下報紙）

歌隊 D　（讀報）「所以奉勸青年，不要憑衝動熱情或深恐為時代浪潮拋棄之虛榮心理，身不自主，跳入時代浪潮漩渦。」——可憐！（拋下報紙）

【眾紛紛丟下報紙，繼續敲門。】

歌隊 E　（撿拾報紙，疊成文集）瞿秋白文集出版了！瞿秋白文集出版了！（向觀眾）1950 年，人民出版社出版了《瞿秋白文集》。

【眾圍聚，讀《瞿秋白文集》。】

歌隊 F　有毛主席寫的題詞哩！

歌隊 G　（讀題詞）「瞿秋白同志死去十五年了。在他生前，許多人不了解他，或者反對他，但他為人民工作的勇氣並沒有挫下來。他在革命艱難的年月裏，堅持了英雄的立場，寧願向劊子手的屠刀走去，不願屈服。」

歌隊 H　（讀題詞）「瞿秋白同志是肯用腦子想問題的，他是有思想的。他的這種為人民工作的精神，這種臨難不屈的意志和他在文字中保存下來的思想，將永遠活着，不會死去。……」

歌隊 I　請各位同志肅立！（向觀眾）1955 年 6 月 18 日，北京八寶山革命烈士公墓舉行了瞿秋白遺骨安葬儀式。（向群眾）請陸定一同志代表中共中央作報告。

歌隊 J　（陸定一）「瞿秋白同志是中國共產黨的卓越的政治活動家和宣傳家，是中國無產階級的無限忠誠的戰士。他獻身革命直至最後一息。他的高貴的品質和畢生功績將活在人民的心裏，永垂不朽。」

歌隊 K　現在進行瞿秋白同志骨灰安放儀式。（將原是《文集》的「骨灰匣」恭敬地交到「陸定一」手上，「陸定一」肅穆地將「骨灰匣」安放在公墓上）

歌隊 L　（忽然）討瞿戰報！討瞿戰報！（轉換了身份，分發手上的「文件」）（向觀眾）1966 年文化大革命展開，中共中央掀起了討瞿活動。（向群眾）瞿秋白是叛徒，瞿秋白是叛徒！

【眾爭相把手上的「地圖」／「戰報」翻來看，然後相繼高喊⋯⋯】

歌隊眾　瞿秋白貪生怕死！

歌隊 I　瞿秋白投降敵人！

歌隊 H　〈多餘的話〉是投降書！

歌隊 D　〈多餘的話〉是叛黨的鐵證！

歌隊 C　瞿秋白是假革命，是反革命！

歌隊 A　瞿秋白是帝國主義的應聲蟲，是奴才！

歌隊 J　瞿秋白是叛徒，叛徒不可以葬在烈士公墓，我們要掘開叛徒的墳，拆爛叛徒的墓！

歌隊眾　搗碎叛徒的骨灰！

【歌隊眾一擁而上,把安放好的「骨灰」撕得粉碎,揚於空中。】

歌隊 I (忽然)請各位同志肅立!(眾安靜下來,歌隊兩人從地上撿拾碎紙,勉強拼湊起來,交給歌隊,C 恭敬地接受)請各位同志默哀一分鐘!(向觀眾)1985 年 6 月 18 日,中共中央舉辦了瞿秋白同志就義五十周年紀念會。(向群眾)請楊尚昆同志代表中共中央發表講話。

歌隊 K (楊尚昆)「秋白同志在短暫的一生中為中國革命艱難創業,為共產主義理想奮鬥犧牲,他的崇高的獻身精神和巨大的革命功績,在半個世紀之後,仍然受到黨和人民長久的景仰和懷念。秋白同志是中國共產黨早期的主要領導人之一,是偉大的馬克思主義者,卓越的無產階級革命家、理論家和宣傳家,中國革命文學事業的重要奠基者之一。」

【燈暗。】

瞿秋白 (畫外音。或於舞台側設一燈區,置一張簡單的木椅,瞿秋白在那裏獨白部分〈多餘的話〉的「代序」)「『知我者,謂我心憂;不知我者,謂我何求。』話既然是多餘的,又何必說呢?……(《黍離》,《詩經》)

【舞台中央紗幕後燈光漸亮。鋼琴現場彈奏『秋白主題隨想曲』】

我自己忖度着,像我這樣的性格、才能、學識,當中國共產黨的領袖確實是一個『歷史的誤會』。我本是一個半吊子的『文人』而已,直到最後還是『文人積習未除』的。

因為『歷史的誤會』，我十五年來勉強做着政治工作。
——正因為勉強，所以也永久做不好，手裏做着這個，
心裏想着那個。在當時是形格勢禁，沒有餘暇和可能說
一說我自己的心思，而且時刻得扮演一定的角色。現在
我已經完全被解除了武裝，被拉出了隊伍，只剩得我自
己了，心上有不能自已的衝動和需要：說一說內心的
話，徹底暴露內心的真相。布爾什維克所討厭的小布爾
喬亞知識者的『自我分析』的脾氣，不能夠不發作了。

人往往喜歡談天，有時候不管聽的人是誰，能夠亂談幾
句，心上也就痛快了。何況我是在絕滅的前夜，這是我
最後『談天』的機會呢！」

——〈多餘的話〉，瞿秋白
1935 年 5 月 17 日於汀州獄中

第三場
母歿留痕

【燈暗。】

【在瞿秋白獨白時，另五塊紗幕逐一下垂，停留於不同的高度。】

【幻燈投影在五塊紗幕上，是瞿秋白不同時代的照片。】

【歌隊上，在背景音樂聲中，各人以不同的角度，即興地演出「歷史是甚麼？」：交通指揮；倒行的時鐘：滴答滴答、早安、晚安；背負包袱的旅人們勞累倒地，前仆後繼；盲眼的人相扶持走路；人互相糾纏壓迫廝打；刷牙漱口，日用家常；以默劇的姿態摸索前路；青春活潑的少女輕快地跑步；農家勤懇地栽種樹苗……】

歌隊 E　1899 年 1 月 29 日，江蘇常州一個破落的「書香世家」，誕下一個男孩。

歌隊 J　由於這個男孩頭髮生成兩個轉，父母就叫他「阿雙」。

歌隊 A　單雙的雙？

歌隊 F　霜雪的霜。

14

歌隊 K　他是第一個有系統地將蘇俄的「十月革命」、共產主義的基本典籍、布爾什維克的具體經驗、唯物史觀的文學哲學理論，介紹來中國的人。

歌隊 C　他是在中國共產黨的第一代人物中，繼陳獨秀之後，擔任中共中央領導職務的人。

歌隊眾　他是瞿霜，也就是瞿秋白。

歌隊 G　瞿秋白一家世代讀書，亦世代做官，雖然只是地方小官，亦都世代「衣租食税」⋯⋯

歌隊 H　但是，清末巨變，辛亥革命，動搖了舊社會基礎。隨着瞿秋白祖父和伯父先後逝世，家道日趨中落。

歌隊 B　瞿秋白的父親，長期失業，除書畫外，一無所長，最後索性丟下妻兒，一走了之。

歌隊 L　他母親只好一手負起家庭的重擔，帶着秋白和弟妹四人，靠着變賣賒欠度日。

歌隊 I　不過她是個很有才華的女人，擅詩詞，愛文藝。秋白受到她的薰陶，自小就能寫詩繪畫，也懂得金石篆刻。

歌隊 D　現存他最早的詩作，是十四歲時所寫的這一首詩（眾人掏詩稿）叫《白菊花》：

歌隊眾　「今歲花開後，栽宜白玉盆；只緣秋色淡，無處覓霜痕。」（頓）好詩！好詩！

歌隊 E　1916 年農曆年初五的深夜，瞿秋白的母親對着一尺多高未能清付的賬單，感懷身世，飲了拌入火柴頭的虎骨酒，自殺身亡。

歌隊I 　瞿秋白當時十七歲，正在無錫任小學教員，急忙奔喪回家。

瞿秋白 　媽！（自外奔上，跪倒台前，慢慢地，燃點蠟燭）

歌隊眾 　（在燭光掩映中）「親到貧時不算親，藍衫添得淚痕新；飢寒此日無人管，落在靈前愛子身。」（瞿秋白《哭母》）

歌隊L 　這是秋白當年寫的七絕詩：《哭母》。

歌隊眾 　母親的慈愛，母親被窮迫死，成為秋白一生不可磨滅的影像……

【燈光漸暗。】

【現場鋼琴彈奏「秋白主題隨想曲」。】

瞿秋白 　（畫外音）「我幼時的環境完全在破產的大家族制度的反映裏。」……

「人與人的關係在我心中成了一絕大問題。人生的意義，昏昧極了。我心靈雖有和諧的弦，彈不出和諧的調。

我幼時雖有慈母的扶育憐愛，雖有江南風物、清山秀水、松江的鱸魚、西鄉的菘菜，為我營養；雖有豆棚瓜架草蟲的天籟、曉風殘月詩人的新意，怡悅我的性情；雖亦有耳鬢廝磨噥噥的情話、亦即亦離的戀愛，安慰我的心靈；良朋密友，有情意的親戚，溫情厚意的撫恤，——現在都成一夢了。」（瞿秋白燈區漸暗，瞿下）

（畫外音繼續）「雖然如此呵！慘酷的社會好像嚴厲的算術教授給了我一道極難的天文學算題，悶悶的不能解決，我牢鎖在心靈的監獄裏。」⋯⋯（《餓鄉紀程》）

【現場鋼琴繼續彈奏「秋白主題隨想曲」。】

歌隊 G　這是秋白後來在《餓鄉紀程》裏的自述。

歌隊 A　母親死後數月，秋白到北京，在北大當旁聽生。

歌隊 B　半年之後，考進北京政府外交部辦的、唯一不收學費的學校 —— 俄文專修館。

瞿秋白　（畫外音）「雪意悽其心惘然，江南舊夢已如煙。天寒沽酒長安市，猶折梅花伴醉眠。」（《雪意》）

歌隊 H　這是秋白十八歲在俄文專修館就讀時寫的另一首七絕：《雪意》。

【瞿秋白的燈區漸暗，現場鋼琴「秋白主題隨想曲」淡出。】

歌隊 C　瞿秋白開始接觸新思想；他讀過《婦女與社會主義》、《共產黨宣言》等馬克思主義著作⋯⋯

【歌隊仍在台上。】

【燈轉。】

五四風雲

【示威群眾效果聲切入。】

畫外音　「外抗強權！內除國賊！」

歌隊 D　（領）外抗強權！

歌隊 E　（領）內除國賊！

歌隊眾　（應）外抗強權！內除國賊！

歌隊 F　取消二十一條！（眾應）

　歌隊 L　還我青島！（眾應，掌聲）

歌隊 H　殺千刀的曹汝霖！（眾應）

歌隊 B　拒簽和約！（眾應）

歌隊 J　火燒趙家樓！（眾應）

歌隊 C　中國的土地可以征服而不可以斷送！（眾應）中國的人民可以殺戮而不可以低頭！（眾應）國亡了，同胞起來呀！（眾應）

畫外音 （軍警透過擴音器）奉徐世昌總統諭，你們的行為是越軌的；你們的言論是禍國的……（眾報以噓聲）你們要立即離開……

歌隊眾 （手連着手，圍圈坐下，唱：）「團結團結就是力量，團結團結就是力量……」

畫外音 （軍警）你們要立即離開，即日回校上課，否則我們要將你們逮捕法辦！

【沉默。】

畫外音 （軍警）奉徐總統諭，你們的行為是越軌的，你們的言論是禍國的。你們要立即離開，回校上課。否則我們要將你們逮捕法辦！

【沉默，有少數人意欲離開。】

瞿秋白 （突然站起，打破沉默）各位同學，我是瞿秋白，是俄文專修館的代表。克魯泡特金說：一次暴動勝過千萬冊書報！（眾掌聲）

我們不是想要暴動，但，今日的北洋政府是否可靠？今日的政府，竟然與日本簽訂「軍事協定」；昨日的政府，竟然在「山東換文」上「欣然同意」日本佔領我們的山東。這樣的政府，是否可信？同學們，同胞們！山東亡矣！（眾應）

我們要積極聯絡各省、各界聯合會，一致宣言並派代表入京，要求政府罷免曹汝霖！（眾應：罷免曹汝霖！）

罷免陸宗輿！（眾應：罷免陸宗輿！）

罷免章宗祥！（眾應：罷免章宗祥！）

我們要求政府拒絕在《巴黎和約》上簽字！（眾應：拒絕簽字！）

我們還要組織全國各界聯合會派代表到巴黎和會請願，並且監視我們的外交專使，向和會聲明全國國民的意願，我們誓不承認一切密約，二十一條必須廢除。協約國如果欺壓太甚，我們唯有與日本人拼命……

【畫外音效：哨子聲，軍警衝向學生，逮捕學生。】

【混亂中，學生／歌隊四散。瞿秋白在人群中跌撞倒地……】

學生　瞿同學，你吐血了！（眾扶瞿秋白下）

【燈光漸暗。】

【幻燈：五四運動的景象。】

第五場
北京話別

【燈亮。】

歌隊 C　瞿秋白自小體弱多病，五四運動，他積極參與，勞碌過度，開始吐血。從此，他的肺病一直未癒，纏繞了他的一生。（隨即轉為瞿菊農角色）

歌隊 K　在俄文專修館，他結識了鄭振鐸、許地山、耿濟之和他的遠房叔叔瞿菊農。他們合辦了《新社會》旬刊。《新社會》出版了十九期，被北京政府警察廳查封了。他們不甘心，找來北京青年會資助，改辦《人道》月刊。但只出版了一期，便因言論左傾，青年會不肯繼續資助，也就停刊了。（隨即轉為鄭振鐸角色）

歌隊 D　1917 年俄國十月革命成功，給中國知識分子帶來很大的震撼。蘇俄無產階級革命的經驗，會不會是中國的借鏡？（隨即轉為許地山角色）

歌隊 G　瞿秋白參加了李大釗成立的馬克思主義研究學會。跟着，應北京《晨報》的邀請，以記者身份，登上西伯利亞鐵路的列車，遠赴莫斯科，去考察這個世界上第一個紅色首都。

這是 1920 年 10 月 15 日晚……（隨即轉為耿濟之角色）

耿濟之　為德謨克拉西先生的死，我們舉杯！

鄭振鐸　為《新社會》旬刊的死，我們舉杯！（眾飲）

許地山　為只能出版一期的《人道》，我們舉杯！（眾飲）

瞿秋白　（自外上）為北大林德揚同學的自殺，我們不能舉杯！

【沉默。】

瞿菊農　對於德揚同學的投河自盡，我自嘲不來。

鄭振鐸　覺悟了社會的種種罪惡，但又改造不來，我十分明白德揚同學的痛苦。

耿濟之　可是自殺又能解決甚麼問題呢？

許地山　當年陳天華在日本蹈海死，卻能激勵很多留日學生回國參加革命呢。

瞿菊農　不要再提所謂「革命」了，現在比清朝還不如！

鄭振鐸　我們國家的痛苦，要待到幾時？

瞿秋白　既然覺悟了，就應當預備有種種痛苦、種種困難。要是沒有痛苦，沒有困難，就可以達到改造的目的，那麼這個社會本來就沒有缺陷！既然覺悟了，為甚麼要自殺呢？

耿濟之　所以你便要拋下一切，到冰天雪地萬里以外的俄國去捱苦受難？

許地山　秋白，其實以你的俄文造詣，留下來搞文學翻譯，也很有可為啊。我看過你譯果戈里、托爾斯泰的作品，譯得很好啊！

鄭振鐸　聽說俄國現在仍然亂得很。紅軍和白軍打得很厲害，中間又出了個甚麼遠東共和國。你乘坐的西伯利亞列車能否通得過也成疑問⋯⋯

耿濟之　你受得了俄羅斯的黑麵包？

瞿菊農　管它甚麼黑麵包白麵包，哪怕是沒麵包，秋白也是要去的！

瞿秋白　伯夷、叔齊不食周粟，餓死首陽山，首陽山便是他們的餓鄉。我也有我的餓鄉。蘇維埃俄國怎樣沒有穿，沒有吃，它始終是世界上第一個社會主義革命的國家、世界革命的中心。光是「蘇維埃」三個字，也夠我當它是不吃周粟的餓鄉了。總之，我是萬緣俱寂，心有所嚮！我要投入生命的大流，尋找個性的自覺。今晚與諸君一揮手，明天就走！

耿濟之　我們早就明白你是非走不可的了。若不，我們幹嗎在這裏為你餞行？

瞿菊農　秋白，要做隻蜜蜂，到莫斯科採花釀蜜；別做個郵差，只是送回來兩封信。

耿濟之　來，我們這位瞿大詩人遠行在即，怎能不以詩相贈？我和振鐸合寫了一首新詩 —— 舊詩不敢在你面前賣弄了。（掏出詩稿，和鄭振鐸商量）

瞿秋白　原來各位早有預謀！

耿濟之　（唸詩）「汽笛一聲催着，

　　　　　　車輪慢慢地轉着。

　　　　　　你們走了——

　　　　　　走向紅光裏去了；

　　　　　　新世界的生活，

　　　　　　我們羨慕，你們受着。」

鄭振鐸　（續唸）「但是……

　　　　　　笛聲把我們的心吹碎了，

　　　　　　我們的心隨着車輪轉了！

　　　　　　松柏依舊青着，

　　　　　　秋花依舊笑着，

　　　　　　燕都景色，幾時再得重遊？」

耿、鄭　（合唸）「冰雪之區——經過，

　　　　　　自由之國——到了。

　　　　　　別離——幾時？

　　　　　　相隔——萬里！

　　　　　　魚雁呀！

　　　　　　你們能把我們心事帶着去麼？

　　　　　　汽笛一聲催着，

　　　　　　車輪慢慢地轉着。

　　　　　　笛聲把我們的心吹碎了，

　　　　　　我們的心隨着車輪轉了！」

24

許地山　我不唸詩，我唱歌。叔同先生最近填寫了一首新歌《送別》，正合眼前光景⋯⋯

（唱）「長亭外，古道邊，芳草碧連天。晚風拂柳笛聲殘，夕陽山外山。」

【一闋唱罷，眾／歌隊接唱。】

歌隊眾　「天之涯，地之角，知交半零落！一瓢濁酒盡餘歡，今宵別夢寒。」

【眾／歌隊重複唱最後兩句。】

【在唱至中段時，瞿秋白心內本不忍再聽，但始終沒有示停。】

【一曲既終。】

瞿秋白　多謝！濟之兄，振鐸兄你們詩寫得好，地山兄的歌也唱得好！歌好詞好，但可惜人就⋯⋯

耿濟之　《送別》實在是一首好歌。不過，聽說叔同先生他⋯⋯

瞿菊農　叔同先生削了髮，做了和尚，弘一大師⋯⋯

瞿秋白　叔同先生今年三十九歲，正是人生最輝煌的歲月，唉，他是如此的多才多藝！（沉吟）他是一隻壯牛，田本應由他來耕，可是，牛不耕田了，去了冬眠，那麼，只由得我這隻小犬，來犬耕一番吧！

歌隊眾　（嘉許）好！

許地山　秋白，就為你這一份犬耕的心，我敬你一杯！

【許地山為瞿秋白斟酒，眾舉杯。】

瞿秋白 （志氣昂揚地）謝謝！好，為自由的祖國，為光輝的使命，我們舉杯！

【眾慷慨淋漓地舉杯、喝酒、潑酒⋯⋯】

【效果聲：火車汽笛聲，開動，緩緩前進⋯⋯】

【燈轉。】

第六場
赤京入黨

【歌隊某人在舞台上即興地敲擊出不同的節奏。】

【歌隊眾配合節奏的快慢、緩急、輕重、強弱，以不同的身份、感情，作各自不同的、然而同樣艱難的敲門經歷。】

【眾人散亂地四處敲門，後漸為外在節奏所統攝而趨一致。】

【敲門持續，然後突止。】

【歌隊下。】

【幻燈投射有關俄國大革命和列寧的圖片。】

【燈轉。】

【歌隊 E 戴上護士帽，照料坐在輪椅上的瞿秋白：探熱、量血壓、送藥、打針……】

【瞿秋白拿着筆，在簿上寫詩。】

【其餘歌隊上。】

歌隊 A　1921 年 1 月 25 日，經歷了七十一天在西伯利亞鐵路上漫長而曲折的火車旅程後，瞿秋白終於抵達莫斯科。

歌隊 B　他除了為《晨報》寫通訊，還寫下了《餓鄉紀程》和《赤都心史》兩本書，記下了他對十月革命後蘇俄新貌的所見所聞、所思所想。

歌隊 C　他參觀學校、公社，更參加了共產國際第三次全體會員大會，親眼看到了、聽到了列寧激動人心的演說，甚至和這位改寫世界歷史的革命巨人有過交談。

歌隊 D　瞿秋白感受着赤京熾熱的革命浪潮，卻又捺不住極北的寒冬、遊子的孤獨、思鄉的情切，於是肺病發作，臥病在莫斯科郊外的高山療養院。

歌隊 E　這一夜，是中國的中秋節，多愁善感的瞿秋白，在病中寫下他的詩作《東方月》。

歌隊 F-I（排列一旁，唸《東方月》第一節）

「萬里奇游，餓寒之國；聞說道『胡天八月雪』，

可也只蕭蕭秋意，依依寒色，

只有那赤都雲影，掩沒了我『東方月』。」

歌隊 J-M（排列一旁，唸《東方月》第四節）

「秋月黃葉，才領略別離滋味。

怎知道，有災祲流亂，更飢寒萬里。

只聽那瑣碎的蹄聲，淒涼的雨意，

催嫦娥強現半面，掩雲幕，永訣矣！」

【現場彈奏的「秋白主題隨想曲」鋼琴聲悠悠而起，漸變激昂，隨即混入列車高速奔馳的音效，再而被列車音效掩蓋了……】

【列車聲中，歌隊合攏，高聲齊唸：】

歌隊眾　「赤潮澎湃，曉霞飛動，

　　　　　　驚醒了五千餘年的沉夢！

　　　　　　遠東古國，四萬萬同胞，

　　　　　　同聲歌頌，神聖的勞動。

　　　　　　猛攻，猛攻，

　　　　　　捶碎這帝國主義萬惡叢！

　　　　　　奮勇，奮勇，

　　　　　　解放我殖民世界之勞工。

　　　　　　何論黑、白、黃，

　　　　　　無復奴隸種。

　　　　　　從今後，福音遍被，天下文明……

　　　　　　只待共產大同！

　　　　　　看，

　　　　　　光華萬丈湧。」

歌隊E　（脫下護士帽，向觀眾）這首《赤潮曲》，是瞿秋白寫的第一首歌詞，也是中國現代文學史上第一首讚頌工人運動的革命歌詞，是瞿秋白回國後 1923 年 6 月在《新青年》季刊第一期發表的。早前一年，1922 年 2 月，他在莫斯科正式加入了中國共產黨。

【護士向瞿秋白握手道賀。瞿從病中醒癒過來，從輪椅中站起，與護士握手。】

【歌隊紛紛向瞿道賀。】

【歌隊離場，瞿秋白也退下，台上只剩下瞿的輪椅。】

【「秋白主題隨想曲」再次在現場彈奏，鋼琴聲中，畫外音道出了瞿秋白〈多餘的話〉的獨白。】

瞿秋白　（畫外音）「記得當時懂得了馬克思主義的共產社會同樣是無階級、無政府、無國家的最自由的社會，我心上就很安慰了，因為這同我當初無政府主義、和平博愛世界的幻想沒有衝突了。所不同的是手段，馬克思主義告訴我要達到這樣的最終目的，客觀上無論如何也逃不了最尖銳的階級鬥爭，以致無產階級專政；為着要消滅『國家』，一定要先組織一時期的新式國家；為着要實現最徹底的民權主義，一定要先實行無產階級的民權，這表面上『自相矛盾』，而實際上很有道理的邏輯——馬克思主義所謂辯證法——使我覺很有趣。……」

「但是，……」

「馬克思主義的主要部分：唯物史觀——階級鬥爭的理論，以及經濟政治學，我都沒有系統的研究過。《資本論》我就根本沒有讀過，尤其對於經濟學我沒有興趣。我的一點馬克思主義理論的常識，差不多都是從報章雜誌上的零星論文和列寧幾本小冊子上得來的。……」
（〈多餘的話〉）

【燈轉。】

30

第七場
教唱黨歌

【歌隊以大學生身份唱着「打倒列強歌」進場。】

歌隊眾 （唱）「打倒列強，打倒列強，救中華，救中華，國民革命成功，國民革命成功，齊歡唱，齊歡唱。」

歌隊 C 1923 年，瞿秋白回國，主編《新青年》季刊，負責中共中央宣傳工作，並任上海大學教務長兼社會學系主任。

【上海大學教室。歌隊都成為了學生，正在熱烈討論，當中有丁玲、楊之華等。】

歌隊 C 你是不是勞工？你是不是勞工？（問各人）你們都不是工人，我也不是，我們都不勞動，我們是上海大學社會學系的大學生，是知識分子，幹嗎共產黨要我們參加無產階級的革命？

歌隊 B 對啊，無產階級革命應該是由無產階級發動、領導和參加！

歌隊 D 甚麼是無產階級？

楊之華 根據馬克思的階級理論，無產階級是不擁有生產資料的產業工人。這是瞿老師說的。

歌隊 G　那又是甚麼意思？

丁玲　　瞿老師真是學問淵博。古今中外，天上地下，無不涉獵。對馬克思、恩格斯、列寧的著作，都熟得很；他還講希臘、羅馬，講文藝復興；也講唐宋元明；不但講死人，也講活人。他不是對學生講書，而是……

歌隊 I　而是把我們當作同遊者，一同遊歷上下古今、東南西北……

楊之華　我常想，為甚麼他不在文學系教書而在社會科學系教書？

歌隊 C　你們還沒有答我，為甚麼我們要參加無產階級革命？

瞿秋白　（捧着一疊雜誌進來）為的是要解放中國，解放全人類，消滅一切精神上、物質上的奴隸制度，達到最終的目的 —— 共產大同。（眾鼓掌）怎麼了？這樣熱烈的討論！

歌隊 B　瞿老師，我們正在討論：為甚麼搞無產階級革命的人都不是無產階級？

歌隊 D　瞿老師，你就不是勞動工人呢！

瞿秋白　對，我不是工人，但是工人也總得要有人領導啊！在中國，還有更多更多最受剝削、最受壓迫的人 —— 是哪些人？……

【瞿隨即引導同學互相討論，並參與其中。討論了好一會……】

瞿秋白　對，是農民！農民也得要人帶動啊！我們知識分子，我承認，本質上不是無產階級，實際上也沒有怎樣勞

動過，不過，我們讀過一些書，掌握了一點理論，相信中國的革命應朝哪個方向走，所以我們便組成了共產黨……

歌隊 C　那就是説，共產黨 —— 由不是工人農民的共產黨領導工人農民進行中國的社會革命？

瞿秋白　可以這樣説。這是時代的催迫！我輩新青年，責無旁貸啊！

丁玲　就好像列寧的布爾什維克領導俄國的工農革命，他們不是成功了嗎？

歌隊 B　但，領導革命的如何能保證不會背叛革命？共產黨會不會成為新的統治階級、新的壓迫者？

瞿秋白　這，要看我們共產黨人的道德操守了，也要看你們對我們的信心了。

楊之華　我們對瞿老師絕對有信心。（眾鼓掌）

瞿秋白　多謝大家對我的信任。這是我輩新青年的使命啊！各位同學，我現在要向大家作兩點鄭重的宣告：（翻開雜誌）「新青年曾為中國真革命思想的先驅，新青年今更為中國無產階級革命的羅針。」這是剛出版的《新青年》季刊創刊號的宣言。（派發雜誌）

丁玲　是瞿老師主編的！！

【歌隊眾翻看《新青年》，讀出篇目。】

歌隊 K　〈俄羅斯革命之五年〉

歌隊 C 〈東方文化與世界革命〉

歌隊 L 〈共產主義之於勞動運動〉

楊之華 〈世界社會運動中共產主義派之發展史〉——這篇是瞿老師寫的……

歌隊 D 還有歌譜二關——《國際歌》，是瞿老師譯的；《赤潮曲》……

楊之華 是瞿老師譜曲和填詞哩！

【有人試讀歌詞，有人試哼兩句……】

丁玲 瞿老師，教我們唱！（眾鼓掌）

歌隊 F 瞿老師，「英德納雄納爾」——這是甚麼意思？

瞿秋白 「英德納雄納爾」就是國際的意思，亦即 Internationale，歐洲各國的讀音都相同，都讀 Internationale，我也便只作音譯，希望中國受壓迫的勞動人民，能和全世界的無產階級得以「同聲相應」……

歌隊 B 瞿老師，《國際歌》是哪時候寫成的？

瞿秋白 《國際歌》是 1871 年巴黎公社時候的作品。巴黎公社失敗了，無數無產階級烈士在血泊中犧牲了。但《國際歌》卻流傳下來。有一次，在里昂有一個工人集會，歐洲各國的工人也有參加，當中有些反對國際主義的法國人唱起法國國歌《馬賽曲》，騷擾大會的進行，但工人群眾則針鋒相對，唱起了《國際歌》。唱《國際歌》的人愈來愈多，聲音愈來愈響，終於以汪洋大海的聲勢淹沒

了《馬賽曲》。這事轟動了全世界，從此，《國際歌》成為了無產階級不朽的戰歌，是歐美各國各派社會黨、共產黨的共同黨歌，如今是蘇俄的國歌，將來要成為世界共產社會、大同世界的開幕歌呢！

我希望有一位同學能先為大家讀出歌詞……

歌隊眾　班長……丁玲吧……之華同學！

楊之華　（稍帶羞靦，面泛紅光，卻也爽快地唸出來）

「起來，受人污辱咒罵的！

起來，天下飢寒的奴隸！

滿腔熱血沸騰，拼死一戰決矣。

舊社會破壞得徹底，新社會創造得光華。

莫道我們一錢不值，從今要普有天下。」

【瞿在楊讀了一節歌詞之後，慢慢哼着唱着，帶領其餘學生同唱副歌……】

歌隊眾　「這是我們的階級，最後的決死爭，

同英德納雄納爾，人類方重興！

這是我們的階級，最後的決死爭，

同英德納雄納爾，人類方重興！」

【歌聲至最高處完。】

【音效：列車前進聲。】

【幻燈：1924年11月18日，瞿秋白與楊之華結婚。】

【幻燈：二人儷照。】

【幻燈：篆刻「秋之白華」、「秋白之華」。】

【音樂：鋼琴《國際歌》音樂變奏。】

【上半場完。】

第八場
江畔飢民

【在中場休息的尾聲，在觀眾不知不覺中，數名群眾已上場，在舞台上蹲着。】

【在不大明亮的燈光中，蹲着的人愈來愈多。】

【在一段時間的靜默後，群眾漸動。】

【觀眾席燈光漸暗。】

【開始時，群眾似是在地上挖掘些甚麼，接着是艱難地捕捉甚麼爬蟲。】

【在群眾的動作中，緩慢的敲擊聲伴隨着。】

【敲擊聲突變強烈，群眾站起，像要逃避甚麼似的，呼天搶地，結伴奔走。】

【敲擊聲漸弱，群眾停住，再而慢慢地蹲下。】

【群眾慢慢地尋找／捕捉爬蟲，然後出現了一些爭執、體諒、團結……等等關係。緩慢的敲擊伴隨着。】

【繼而是長久的靜默，群眾蹲着。】

【兩名群眾興奮地拉開「打倒軍閥」的橫額，在舞台前奔過。】

【該兩名群眾高興地，拉開「慶祝北伐軍節節勝利！」的橫額，再奔過；並高呼：「北伐勝利啦！北伐勝利啦！」。】

【在觀眾席第一行，有一「觀眾」突然站起，鼓掌，高呼：「國共合作萬歲！共產黨勝利萬歲！」】

【在觀眾席「他」的後側，有一人站起，舉槍瞄準，射擊。「砰！」原先高呼之「觀眾」扶傷倉皇奔走而下。】

【燈光急暗。】

【舞台上的燈光急劇地交錯閃動。】

【一陣又一陣緊接的槍聲。】

【幻燈：1927 年，國民黨與共產黨合作破裂。】

【幻燈：4 月，蔣介石在上海「清黨」的標題／圖片。】

【幻燈：7 月，汪精衛在武漢「分共」的標題／圖片。】

【幻燈：國民黨大舉捕殺共產黨員的標題／圖片。】

【幻燈：數張清黨之圖片。】

【燈轉。】

【燈光漸亮，只見瞿秋白持一大堆書本，孤獨地在江畔躑躅。】

【瞿秋白無奈地望遠方，歎氣，坐下，拿出筆記本，邊思考，邊寫下一些筆記。】

【三兩群眾，衣衫襤褸，蓬頭垢面，自遠而近。】

【飢民呆視瞿秋白良久，猶豫，慢慢爬到瞿秋白身邊，向他乞求救援。】

【瞿秋白看着群眾，掏出身上的乾糧給他們。飢民感激，互相爭奪。瞿秋白再掏乾糧……】

【有更多飢民出現，看見了，急湧上前爭相乞討。】

瞿秋白　（叫喊）我沒有了，我再沒有了！

【瞿秋白給一大堆飢民包圍，無法擺脫，欲走，但不成。】

瞿秋白　（吃不消，大呼）你們滾呀！滾呀，都給我滾呀！（大怒）

【飢民踉蹌地退下，互相踐踏。混亂中，瞿秋白亦跌下了他的筆記簿。】

【瞿發覺自己的筆記簿在地上，俯身執起……】

【一女飢民在混亂中跌下手抱之嬰兒，此時亦急忙抱起……】

【瞿和女飢民對望，良久。】

【瞿悚然而驚，跌坐。】

【女飢民惶然，急走而下。】

【瞿向着其奔下方向呆視……】

【楊之華自遠而近。】

楊之華　秋白！秋白！（上）原來你在這裏，你説要預備開會的講稿，怎麼跑來坐在這小路上？

瞿秋白　之華！我們回去吧！

楊之華　（收拾瞿之書本、筆記本）怎麼，你……

瞿秋白　沒有甚麼……

【二人下，瞿回頭，憶視剛才飢民情況……】

【燈暗。】

第九場
八七會議

【幻燈：1927 年 8 月 7 日，漢口。】

【幻燈：中共中央在武漢召開緊急會議，簡稱「八七會議」。】

【燈漸亮，歌隊已轉換成出席的中共黨員裝束，背台而坐。眾人議論紛紛，一片緊張氣氛。】

【瞿秋白與共產國際代表羅明那茲〔Lominadze〕上。】

瞿秋白　各位同志，首先向大家介紹這位羅明那茲先生，他是共產國際的代表，負責糾正我們黨所犯的錯誤，及指出日後我們黨應走的方向。（眾鼓掌）

歌隊 H　瞿同志，今日到會的人這麼少，是否足夠合法開會人數？

【瞿秋白向羅明那茲翻譯，羅向瞿耳語。】

瞿秋白　這是緊急會議，中央可以權宜處理。

歌隊 K　出席會議的黨員不只少，連中央委員也不夠啊！

【瞿向羅翻譯，羅向瞿耳語。】

瞿秋白　現在形勢非常嚴峻，我們黨正處於生死存亡的緊急關頭，一些會議常規，顧不得了。況且，周恩來、劉伯承、葉挺、賀龍、朱德等多位同志已經在南昌策動武裝起義！（眾哄然，各人反應不同）所以今次會議，是緊急的、臨時的、特別的。

【羅再向瞿耳語。】

瞿秋白　今次緊急會議其中一個重要議程，是要總結我們黨這幾年來的錯誤。我們執行了一些錯誤的政策，我們迷信於和國民黨合作，拱手把革命領導權讓予資產階級的反動勢力，沒有醒覺為我們無產階級爭取革命領導權和主動力量，致使今次被國民黨的反動力量突然襲擊，我們毫無防備，招致鉅大的損失，黨機關被破壞，大批同志被捕被殺……（感觸）在傷痛之餘，有些領導同志實在要負上較大的責任……

歌隊 A　陳獨秀同志要負上責任！

歌隊 H　仲甫同志沒有出席，我們在這裏批評他，他卻沒有機會答辯，這是否公平？

【羅欲向瞿耳語，瞿已明其意，逕自發言。】

瞿秋白　共產黨人是不怕批評的。

【過場燈光效果。】

瞿秋白　綜合各位同志的意見，陳獨秀同志自 1924 年 1 月與國民黨達成所謂合作以來，經常違反共產國際的決議和指示，使中國共產黨喪失了自己的政治面貌，淪為國民黨的尾巴。

【過場燈光效果。】

【羅明那茲率先舉起右手，多人緊隨也舉了手，然後，先前不願者無奈地舉手，最後是瞿秋白舉手。】

瞿秋白　綜合各位同志意見，中共中央一致認為陳獨秀同志犯了「右傾機會主義」的嚴重路線錯誤。

【過場燈光效果。】

【與會各人多次舉手如上述情況，不過，個別猶豫的過程加快了。】

瞿秋白　綜合各位同志意見，今次中共中央緊急會議一致通過，解除陳獨秀黨總書記的領導職位。跟着是選舉臨時政治局成員，主持今後黨的工作。

【過場燈光效果。】

【與會各人舉手，幾乎是同一先後了。】

歌隊 C　（在瞿秋白示意下）中共中央八七緊急會議議決，一致通過選出瞿秋白、蘇兆徵、向忠發、羅亦農、顧順章、王荷波、李維漢、澎湃、任弼時為中央政治局委員，鄧中夏、周恩來、毛澤東、彭公達、張太雷、張國燾、李立三七人為候補委員，瞿秋白、李維漢、蘇兆徵三人為政治局常委，主持今後黨的工作。

【眾鼓掌。】

【燈光逐漸收細，集中在瞿秋白身上。瞿起立發表新政策。】

【音效：列車前進聲音。】

瞿秋白　……分析了當前的革命形勢和任務，中共中央確定了總方針，一：武裝反抗國民黨反動派；二：實行土地革命。我們要建立革命軍隊，要用軍隊來發展土地革命，組織農民暴動，在兩湖、東江、浙江各省發動秋收起義。面對着反動的地主階級敵人，要不惜採取強硬的燒殺政策。（列車前進的音效逐漸加大）現在革命運動雖有挫折，但形勢卻在不斷高漲中，革命是無間斷的，城市、農村的工農鬥爭將爆發而成全國的大暴動。今後，中國革命必須由真正的無產階級政黨 —— 共產黨、中國的布爾什維克來領導……

【列車前進的音效不斷加大，終至蓋過了瞿的演說。】

【燈光轉暗。】

【幻燈過場：中共的土改燒殺政策的標題／圖片……】

【音效：列車前進聲漸弱，漸變為土改音樂。】

44

【音效：現場鋼琴聲漸入，配合下面「過河」情節，即興地作一些浮想式的伴奏。】

【歌隊由「八七會議」的出席者轉為「過河」的人，戴上太陽帽，以旅行者的心態，在「急流」岸邊，挖起「大石」，搭出「石路」。】

【各人踏着看不見的「澗石」，小心地、吃力地、漸而輕鬆地、踏踏跳跳地「渡過」，有人過分謹慎，有人大膽地快步跑過去，有人不小心地跌下水中，連布帽子也濕了，要撈起擰乾。眾笑，跌下水中者微發嗔怒，索性涉水算了。】

【有人要背起同伴過河……，最後，所有人都渡過了「急流」。】

【現場鋼琴音樂繼續。】

第十場
政海升沉

【現場鋼琴音樂戛然而止。】

【燈亮。】

歌隊 A　1927 年 8 月，南昌起義失敗。

歌隊 B　1927 年 8、9 月，兩湖秋收起義失敗。

歌隊 C　各地秋收起義相繼失敗。

歌隊 D　1927 年 12 月，廣州蘇維埃起義失敗。

歌隊 E　1928 年 2 月，海陸豐蘇維埃起義失敗。

歌隊 F　連串秋收起義失敗後，中國共產黨再受重創，中共第六次全國代表大會已不能在中國舉行，要轉移在莫斯科召開。

歌隊 G　中共六大繼續批判了陳獨秀「右傾機會主義」的錯誤。

歌隊 H　同時又批判了瞿秋白犯了「左傾盲動主義」、「軍事冒險主義」和「命令主義」的錯誤。

歌隊 I　不過，瞿秋白仍然被選為中共中央政治局委員，代表中共留駐共產國際。

歌隊 J 這時候，黨的實際領導權在李立三手上。李立三策動全國總起義，集中全國紅軍力量，進攻中心城市。

歌隊 K 李立三路線也失敗了。1930年7月，瞿秋白受共產國際任命，回國負責糾正錯誤，9月，主持中共中央六屆三中全會，批判李立三的「左傾冒險主義」路線。

歌隊 L 半年後，1931年1月，中共中央第六屆四中全會指責瞿秋白對李立三的批判不力，犯了「調和主義」錯誤，解除了瞿秋白在中共中央政治局的職務。

歌隊 A 瞿秋白脫離了政治局，回到上海養病，從事文學理論的翻譯、研究和寫作。

【現場鋼琴緩緩彈奏出瞿秋白〈多餘的話〉的心聲……】

瞿秋白 （在「監獄」〔即下舞台的木椅子區〕中獨白）「當我出席政治會議，總覺得是『替別人做的』。我總在急急於結束，好『回到自己那裏去』休息。我每每幻想着：我願意到隨便一個小市鎮上去當一個教員，在餘暇時，讀讀自己所愛的書，文藝、小說、詩詞、歌曲之類，這不是很逍遙的嗎？最理想的世界是大家不要爭論，『和和氣氣的過日子』。一隻羸弱的馬拖着幾千斤的輜重車，走上了險峻的山坡，一步步的往上爬，要往後退是不可能，要再往前去是實在不能勝任了。」「……欲罷不能的疲勞使我永久感覺一種無可形容的重壓。精神上政治上的倦怠，使我渴望『甜蜜的』休息……」（〈多餘的話〉）

【燈光轉暗。】

【鋼琴彈奏持續一會，淡出。】

第十一場
刀叢互勉

【音效：炮聲，警報聲。後轉《松花江上》的歌聲。】

【幻燈：「1931 年 9 月 18 日，九一八瀋陽事變發生，日本侵略東北。」】

【幻燈：「1932 年 1 月 28 日，一二八淞滬抗戰，日本侵略上海。」】

【幻燈：「國民黨蔣介石稱：先『安內』，後『攘外』。」】

【魯迅在上海的家，許廣平在看《申報》。楊之華看着魯迅在寫對聯。】

許廣平　之華，《申報》怎能登這些文章？國家如此多難，堂堂上海大報，怎能在副刊上刊登這樣頹廢無聊的文章？

楊之華　《申報》的《自由談》一直以來都是被鴛鴦蝴蝶派的文人所把持。許大姐，你是否在說施蟄存的《買舊書》？

許廣平　這位施蟄存，説甚麼閒來無聊逛舊書攤，偶然買得一本書，內有寫給情人的題字，便如獲至寶，想像人家是怎樣恩愛、稚氣、纏綿的戀人，虧他這麼好閒情吟風弄月……

楊之華　這時候，能夠像大先生般堅守在文學戰線上的又有幾人呢？

許廣平　秋白不是一個嗎？他真是個熱心腸的人。

楊之華　可惜許多人說，秋白是「驕傲的」、「冷酷的」。

許廣平　可能是他平時嚴肅沉靜，在會議上，他的語言又像快刀利劍，所以才給人這樣的印象。

楊之華　熱心腸……你說的對；那情景，我永遠忘不了……我是一個離過婚的女人，我跟以前丈夫的女兒獨伊被我老爺關在家鄉深宅大院裏。秋白便和我一起回到家鄉，想了一個辦法，派人把孩子偷出來，抱回上海，我們三個人打算在上海一起生活。當我把孩子緊緊地摟在懷裏時，突然奔來兩條大漢，一陣風似的把孩子搶走了。我們眼巴巴地望着被搶走的孩子，在大漢手裏掙扎着，哭喊着媽媽……我取不回我的親生女兒！秋白陪着我冷冷清清地沿着河邊走着，一路上默默無語。我第一次，也只有這一次，看到秋白流下了眼淚……

許廣平　獨伊後來也終於能回到你們身邊。（安撫楊之華）

楊之華　秋白很愛獨伊，給她寫詩，獨伊也很愛他……

魯迅　之華……（示意之華走過去）

楊之華　大先生。

魯迅　（展示對聯）送給秋白的。

楊之華　（看對聯）「人生得一知己足矣，斯世當以同懷視之。」……大先生，多謝你！秋白一定會視為至寶的。

魯迅　　　這是我的心底話。

楊之華　　大先生，你對秋白真是關懷備至了，在上海，遇有甚麼危險，便來你們家避難，今次又要來打擾，得蒙你與許大姐的照顧，真是雪中送炭啊！

魯迅　　　之華，哪用如此見外？暫時，至少是暫時罷？國民黨總不至到我家來抓人！

瞿秋白　　（從內房上，拿着剛寫好的文章）大哥，剛寫好的，請你提個意見。

許廣平　　秋白，你又是按不住才思，犧牲午睡的時間來寫文章了！

楊之華　　他總是這樣的，一有靈感，身體總是向腦袋投降。

魯迅　　　秋白真是我們文藝戰線上的一員大將、一員「悍將」呢！讓我看看老弟的大作……《兒時》：「生命只有一次，對於誰都是寶貴的。但是，假使他的生命溶化在大眾裏面，假使他天天在為這世界幹些甚麼，那麼，他總在生長，……」（點頭）「他會領略到『永久的青年』。」寫得很好呀！（許廣平示意魯再讀下去）「而『浮生如夢』的人，從這世界裏拿去的很多，而給這世界的卻很少 —— 他總有一天會覺得疲乏的死亡，他連拿都沒有力量了。衰老和無能的悲哀，像鉛一樣的沉重，壓在他的心頭。青春是多麼短啊！」

【魯把文稿交與許廣平。】

許廣平　（接着讀下去）「不能夠前進的時候，就願意退後幾步，替自己恢復已經走過的前途，請求『無知』回來，給我求知的快樂。可怕啊，這生命的『停止』！

　　過去的始終過去了，未來的還是未來，究竟感慨些甚麼——我問自己。」

魯迅　秋白，我要批評你：你並不是生命沒有寄托的人啊！你把自己要求得太高了！我就是要批評你這一點。文章嘛，文情並茂，比我光是罵人的雜文好多了。

瞿秋白　大哥，我的感慨是真的。我做得不好，我自知己事。我感覺到生命的「停止」。

許廣平　秋白，你才不是「停止」呢！「浮生如夢」的人多的是呢！你看，這個施蟄存的《買舊書》……

瞿秋白　我看過了。下面還有一篇文章更令人憤怒呢！竟歌頌西門慶和潘金蓮的情死，説他們肉體上一定是同喝酒醉死，同跳舞跳死，精神上是快樂浪漫的情死。多肉麻，多低級，多頹廢！但更令人痛心的是，作者竟然是達夫！

楊之華　郁達夫！怎麼他又故態復萌啊！

魯迅　達夫，達夫！你寫得出「茫茫煙水回頭望，也為神州淚暗彈」這樣的詩句，怎麼又再沉淪啊！去年，我們左聯五位青年作家被國民黨逮捕處決，我是多麼傷心，可是，如今連達夫這樣的才子，兩年前還參加我們左翼作家聯盟，現在竟然這樣消沉，我不只傷心，是痛心！

瞿秋白　大哥，柔石、胡也頻等被殺，你很傷心，我記得你寫的名句：「忍看朋輩成新鬼，怒向刀叢覓小詩。吟罷低眉無寫處，月光如水照淄衣。」好，我也來借用你的名句，來一首打油詩：

「不向刀叢向舞樓，摩登風氣遍神州。舊書攤畔新名士，正為西門說自由！」

魯迅　好，秋白，你真是我的好兄弟！

【許廣平也連聲讚好，楊之華愛慕地走向秋白，氣氛稍轉輕鬆。】

楊之華　秋白，大先生要送你一副對聯呢！

瞿秋白　（打開對聯）「人生得一知己足矣，斯世當以同懷視之。」（感動，緊握魯迅的手）……

【門外急促敲門聲。】

【魯迅示意瞿、楊小心。】

許廣平　是誰？

【門再被敲響，一下一下有節奏的，是打着暗號。】

楊之華　是黨內的同志。

【許廣平開門。進門的人戴着帽，壓低至眉毛以下；手拿着一個殘舊的公文袋。是中共的通訊員。】

通訊員　周先生、周夫人，打擾了，我是來找瞿同志的。

魯迅　（謹慎）瞿先生嘛，他……

瞿秋白　我就是瞿秋白。（向魯迅）沒問題的。（向通訊員）甚麼事，請講。

通訊員　瞿同志，是這樣的，因為情況有變，我黨在上海這裏的組織被偵破，現在要作緊急轉移，在上海我們不能再保證同志的安全。（向魯迅）周先生，不好意思，國民黨雖然暫時仍不至明目張膽到你家抓人，但這樣的形勢，誰敢説？所以黨要我來通知，盡快撤離，請瞿同志去江西中央蘇區，調任教育人民委員。

瞿秋白　中央蘇區……，甚麼時候去？

通訊員　愈快愈好。

瞿秋白　之華可以去嗎？

通訊員　對不起，楊同志暫時不能同行。她的工作未有人接替。

魯迅　但秋白需要她的照顧……

楊之華　同志，明白的。（向瞿秋白）秋白，革命工作難免有暫時的分離。

【秋白、之華深情對望。】

瞿秋白　大先生，這個我一定帶上。（指對聯）

魯迅　（向許廣平）快拿兩瓶紹興酒，撿一大袋茴香豆，給秋白路上用。

瞿秋白　大先生……

魯迅　沒有甚麼好東西給你，就只這些「咸亨酒店」的土產！

瞿秋白　好！咸亨酒店！孔乙己雖則不中用，他的口味倒還是不錯的。哈哈！

魯迅　　哈哈！（但隨即為客觀形勢擔心）但是，秋白⋯⋯

瞿秋白　（拉着之華）有一次，我們看見周文雍、陳鐵軍同志在刑場上宣佈結婚，英勇就義的事跡，之華說：「到那一天，也是幸福的！」

【靜默良久。】

通訊員　不好意思，方便的話，瞿同志可否先隨我回組織，了解一些細節。

楊之華　現在外出，安全嗎？

通訊員　外邊還有其他同志做掩護。

瞿秋白　好。之華，那你準備撿拾東西吧。

通訊員　楊同志，我們會安排安全的地方，讓你們夫婦多聚一會，準備一下，然後再帶瞿同志前往江西。

楊之華　明白。謝謝黨的安排。

通訊員　要走了。

魯迅　　小心。（與瞿秋白道別）

【瞿秋白隨通訊員出門，許廣平靠緊楊之華身旁。】

【燈光轉暗。】

瞿秋白　（畫外音）之華，這裏是十本寫東西的本子，這五本是你的，這五本是我的。我們分別了，不能通信，就把要說的話寫在上面，到再見面的時候，交換看吧！

第十二場
長征棄兒

【音效：新年爆竹聲。】

【音樂：三八軍歌，或當年歡樂的革命歌曲。】

【幻燈：瑞金的圖片數幀。】

【音效：下雨聲。】

【燈光漸亮。文藝匯演會場的某處，四名中共領導擎着傘，抽着煙，在欣賞演出。】

【音效：會場熱烈的掌聲。】

瞿秋白　（畫外音）非常多謝「星火」、「戰號」、「紅旗」三個劇團的演出，今晚年宵節的文藝匯演非常成功。多謝各位同志！（掌聲）今晚，既是年宵節的慶祝，又是蘇區高爾基戲劇學校文藝成績的大檢閱，更是發動群眾支援紅軍戰鬥的再動員！話劇要大眾化、通俗化，採取多樣形式，為工農兵服務；（畫外音漸轉弱）今晚的演出實在成功，對我本人來說，我尤其感動。十九年前的春節，我的母親因為窮自殺了。「窮」，是中國社會的大問題……共產黨就是挽救窮人的黨！我們要……

【四位領導轉過身來。】

領導1 秋白同志向我要求一起走，你們看行嗎？

領導2 我黨要作戰略性的大撤退，事關生死存亡，只許成功，不許失敗。秋白同志嘛……

領導3 秋白同志有嚴重的肺病，我怕不適宜隨大隊轉移……

領導1 就是因為他有病，他才提出要求隨大隊。把他甩掉，太冒險了，萬一……

領導4 不是甩掉！這是黨的安排，也不見得怎樣危險……

領導2 秋白留在蘇區，對他好，對黨好，對人民好。

領導1 但秋白曾經擔任……

領導2 就是因為秋白曾經擔任過黨的書記工作，是黨出色的領導，所以我們更需要他留在蘇區主持大局。

領導4 中央蘇區要垮台也得兩三個月，不是一天能搞垮的。

領導3 他早就出了政治局。不過在敵人裏面，他的名氣還是很大，他更做過兩黨合作時期國民黨的中央後補委員，國民黨不會把他怎樣的。

領導4 你回去跟他說，不用擔心安全，黨一定會留下足夠的武力來保護他。

領導2 秋白是黨的優秀黨員，是傑出的馬克思主義戰士，他會明白黨的心意。

領導 1　但是⋯⋯

領導 4　就這樣罷！

【音效：下雨聲轉大。】

【燈光轉暗。】

第十三場
獄中勸降

【音效：蟲鳴、草籟、犬吠、零星槍響。】

【燈光：探射燈射向舞台，四處搜索，甚或投向觀眾席。射燈突然停住某處。】

【音效：數人在草叢裏鑽，狗在狂吠。】

畫外音 （透過擴音器）前面的人，馬上停下，雙手放在頭上，慢慢從草叢裏走出來。我們是國民黨保安團，若再想逃走，我們便開槍！

【音效：草叢中人腳步聲加速，狗吠聲加強，哨子聲、槍聲多響。】

【燈光轉暗。】

【鋼琴彈奏。】

【燈光轉亮。】

【一棟中等地主家。進大門有一個小天井，靠邊有一間小廂房，廂房內有一張中式床，一張書桌靠在窗戶，一個洗臉架安置在另一頭，還有一把木椅和一條板櫈。這是瞿秋白在長汀被囚禁的地方。】

瞿秋白　（畫外音）「我時常說，感覺到十年二十年沒有睡覺似的疲勞，現在可以得到永久的、『偉大的』可愛的睡眠了。

　　　　從我的一生，也許可以得到一個教訓：要磨煉自己，要有非常巨大的毅力，去克服一切種種『異己的』意識以至最微細的『異己的』情感，然後才能從『異己的』階級裏完全跳出來，而在無產階級的隊伍裏站穩自己的腳步。否則，不免是一齣滑稽劇。

　　　　我這滑稽劇是要閉幕了。」（〈多餘的話〉）

【瞿秋白在囚室內刻印章。桌上有詩詞書籍、筆墨紙張。】

【宋希濂上。】

宋希濂　打擾了，老師。（畫外音戛然而止）

瞿秋白　蔭國，你來得正好，你們要的印章都已經刻好了。（把印章遞給他）

宋希濂　（拿起圖章）刻得真好！老師端的是博學多才，中外文學、詩詞書畫、東西哲學、佛玄老莊、金石篆刻，無一不精，學生慚愧，真是敬佩不已。我常聽到黨內外人士都盛譽老師是當代才子，真是一點也不為過；尤其老師在俄文方面的造詣，更是國內的第一流……假若老師能夠 ──

瞿秋白　假若我能夠放棄革命，與你們國民黨合作，是嗎？

宋希濂　這不單是學生一個人的願望，更是黨多位高層的熱誠盼望。據學生所知，蔡元培先生便曾在蔣委員長面前力薦老師 ──

瞿秋白 子民老先生現在只懂得談美育與人生，已無復當年北大校長之勇。道不同，不相為謀。

宋希濂 還有其他 ——

瞿秋白 再講，我們兩黨不是曾經站在同一戰線上嗎？國共不是曾經合作過嗎？你們的孫總理中山先生不是要聯俄容共嗎？可是中山先生一死，是誰急不及待要搞分裂，要把我們共產黨趕盡殺絕？

宋希濂 兩黨的恩怨，非我倆所能辯清，且由歷史去論定吧。學生今日斗膽向老師進言，乃因日前拜讀了老師在長汀這裏所填的一首詞，裏面說：「廿載浮沉萬事空，年華似水水流東。枉拋心力作英雄。」學生妄自臆度，老師既然謙稱枉拋心力，那麼大可以從頭再來，或許可以另有一番作為？

瞿秋白 這是我填的《浣溪沙》，蔭國，你只唸了上闋，你還沒看下闋嗎？——「湖海棲遲芳草夢，江城辜負落花風。黃昏已近夕陽紅。」現在已是黃昏，日盡西山，殘陽如血，多美啊！然後是夜靜一片，多寧謐啊！我已經準備好迎接這最後的時刻。

宋希濂 夕陽過後，還有明日的朝陽。老師，—— 後悔還來得及呢！

瞿秋白 我無悔我當年的決志！宋師長，你不用再多言了。我堅信我的理想，我不會背叛我的革命！中國的革命，不因我一人的失敗而失敗，無產階級的革命事業，一定成功！

宋希濂　為甚麼一定要搞無產階級革命呢？我是在農村長大的，當了好多年軍，走過好多地方，有五百畝以上田地的地主，在各省各縣都是少數，沒收了這樣幾個地主的土地，能解決甚麼問題？中國的地主，大多數都是只有幾十畝地的小地主，大多數都是祖先幾代辛勤勞動積蓄起幾個錢，才逐步買上一些田，成為小地主。向這樣的一些小地主進行你們的所謂階級鬥爭，弄得他們家破人亡，未免太殘酷了！孫總理說得對：中國社會只有大貧小貧之分，階級鬥爭不適合我國國情。為甚麼要共產呢？

瞿秋白　中山先生領導辛亥革命，推翻了幾千年來的帝制，這是偉大的貢獻。但他是否真的成功了？他領導的革命，是否徹底呢？他的三民主義，把中外學說都吸收了一些，實際上是一個雜貨攤，能解決問題麼？我們共產黨人革命的目的，是要消滅剝削，不管是大地主，還是小地主，不管是大資本家還是小資本家，他們本質上都是剝削階級。有地主，就有被剝削的農民；有資本家，就有被剝削的工人！我們都是人啊，怎忍心看着人剝削人，人吃人？我們怎能不去追求共產大同的理想世界呢？

【門外響起敲門聲，宋希濂連忙去開門。王杰夫上。後隨一勤務兵，捧着茶點，有瓜子、花生、糖果、茶、一罐煙。】

宋希濂　噢，王專員！（兩人交換眼神，王杰夫知宋希濂遊說無功）瞿先生，這位是南京專誠而來的中央統戰部王杰夫專員。

【王杰夫示意勤務兵放下茶點，着他離去。宋希濂站在一旁。】

【瞿秋白沒有理會他，只逕自拿起紙筆，凝神寫詩。】

王杰夫　希望宋師長沒有難為你吧？瞿先生，請用茶。

瞿秋白　多謝。（仍在寫詩）

王杰夫　這是從上海帶來貴親友的親筆信。

瞿秋白　（接過信，看了一眼，便把信放在桌旁）謝謝。（仍在寫詩）

王杰夫　大家都非常關心你，都希望你能早日平安。

瞿秋白　唔！（仍在寫詩）

王杰夫　還有蔣委員長、陳立夫部長都對瞿先生的真才實學至為愛惜。只要瞿先生肯為國效勞，過去的事就不再追究。我奉命由南京趕來長汀，就是專誠來挽救瞿先生的。

【瞿秋白向王杰夫禮貌地微笑，然後繼續他的詩作。】

王杰夫　中央組織部調查科要成立一個編譯局，希望能請得瞿先生參加工作，好讓瞿先生能發揮你的俄文專長。我們不用要你公開反共。或者，假如你願意，也可以在大學擔任教授……這是蔣委員長和陳部長的誠意。

瞿秋白　（放下筆）請問有沒有之華的消息？

王杰夫　（示楊之華信，但沒給瞿秋白）若果瞿先生願意的話，我們甚至可以安排你們見面。以後，更可以讓瞿夫人與瞿先生一起工作……

瞿秋白　王專員，我是不想死的，我想生存下去，我想再見到我
　　　　的妻子、我的女兒，我是多麼想和她們一起生活下去
　　　　啊！我是多麼想看到我們的中國繁榮富強，每一個人
　　　　都受到尊重、受到愛護……，可是，事實上沒可能不附
　　　　有條件而能讓我生存下去。這條件就是要我喪失人性
　　　　而生存。我相信凡是真正關心我，愛護我的親人，特別
　　　　是之華吾妻，也不會同意我這樣毀滅的生存；這樣的生
　　　　存，只會給他們帶來恥辱和痛苦！既然如此，我又何懼
　　　　死亡！

【王杰夫不悅，向勤務兵示意。勤務兵上前。】

勤務兵　（遞上密函）專員，這是蔣委員長從南京拍來的密電。

王杰夫　（拆開電函）「若瞿匪冥頑不從，即 ── 」

瞿秋白　不用再讀下去了。倒不如請讀一讀我剛才寫就的《卜算
　　　　子》吧。（遞上詞稿）

宋希濂　（接過詞稿，王杰夫示意他讀出）

　　　「寂寞此人間，

　　　　且喜身無主。

　　　　眼底雲煙過盡時，

　　　　正我逍遙處。

　　　　花落知春殘，

　　　　一任風和雨。

　　　　信是明年春再來，

　　　　應有香如故。」(《卜算子》)

瞿秋白　蔣介石的密電大概是要送我往逍遙處罷？謝謝！——
「花落知春殘，一任風和雨。信是明年春再來，應有香
如故。」（轉身離開）

【燈光轉暗。】

【鋼琴彈奏「秋白主題隨想曲」。】

尾聲

【鋼琴音樂持續着。】

【畫外音。】

瞿秋白　（畫外音）「……我這滑稽劇是要閉幕了。

我留戀甚麼？我最親愛的人，我曾經依傍着她度過了這
十年的生命。是的，我不能沒有依傍。……我只覺得十
分難受，因為我許多次對不起她，尤其是我精神上的懦
怯，使我對於她也終究沒有徹底的坦白。但願她從此厭
惡我，忘記我，使我安心吧。」

【在畫外音聲中，燈區漸亮。】

【瞿秋白已換上臨刑時的裝束，坐在下舞台中央，正面朝向
觀眾。】

【畫外音繼續。】

瞿秋白　（畫外音）「我還留戀甚麼？這美麗世界的欣欣向榮的兒
童，『我的』女兒，以及一切幸福的孩子們。我替他們
祝福。

這世界對於我仍然是非常美麗的。一切新的、鬥爭的、勇敢的都在前進。那麼好的花朵、果子，那麼清秀的山和水，那麼雄偉的工廠和煙囪，月亮的光似乎也比從前更光明了。

但是，永別了，美麗的世界！一生的精力已經用盡，剩下一個軀殼。」

【一片沉默，只剩微弱琴聲。】

【槍聲劃破沉默。】

【燈光急暗。】

【鋼琴聲猝然而止。】

【幻燈：1935 年 6 月 17 日晚，夢行小徑中。】

【幻燈：夕陽明滅，寒流幽咽，如置仙境。】

【幻燈：翌日醒來，讀唐人詩，忽見「夕陽明滅亂山中」句。】

【幻燈：因集句得《偶成》一首：】

【幻燈：「夕陽明滅亂山中，落葉寒泉聽不窮。已忍伶俜十年事，心持半偈萬緣空。」】

【幻燈：方欲提筆錄出，而畢命之令已下，甚可念也。】

【幻燈：秋白絕筆。】

【寂靜中，鋼琴區燈漸亮，琴師無言地站起，蓋掩鋼琴。】

【大紅布幕突然自高處跌下，眾演員上前撿起，沉默地鋪蓋整個黃土平台，有若開場前的樣子。】

【大紅布上，投射着瞿秋白的幻燈片。】

【火車聲漸入，漸大。】

【全劇完。】

瞿秋白與中國大事對照年表

年份	瞿秋白年譜	中國大事錄
1899	出生於江蘇常州官宦世家。	《萬國公報》首次提到馬克思的名字及其學說的觀點；朱紅燈在山東正式豎起了「天下義和拳興清滅洋」旗幟。
1903	（4歲）家道中落，遷住祖母娘家。	陳獨秀在安慶藏書樓發表拒俄演說，抨擊時政；清政府封禁《蘇報》，章炳麟、鄒容下獄，是為「蘇報案」。
1904	（5歲）入讀私塾（塾師莊怡亭日後曾任常州第一屆人大代表及政協委員）。	日俄大戰爆發；梁啟超在日本出版的《新民叢報》發表〈中國之社會主義〉一文，簡略介紹了馬克思主義。
1905	（6歲）插班入讀常州新式學校冠英兩等小學堂三年級。	朱執信在《民報》介紹馬克思、恩格斯生平及《共產黨宣言》。
1909	（10歲）跳級考入常州府中學堂，與張太雷同學。	末代皇帝溥儀1908年12月2日登基，翌年改元宣統。
1911	（12歲）剪辮；家貧，入住瞿氏宗祠（瞿秋白何年入住宗祠有不同說法，此據《瞿秋白年譜》，廣東人民出版社，1983）。	武昌起義，十七省代表在南京推選孫中山為中華民國臨時大總統。
1912	（13歲）雙十國慶節，在家門掛上「國喪」白燈籠。	中華民國成立，孫中山讓位袁世凱任臨時大總統。
1913	（14歲）組織詩社，發表最早詩作《白菊花》。	「二次革命」失敗，袁世凱解散國會。

年份	瞿秋白年譜	中國大事錄
1915	（16歲）因貧輟學。	袁世凱接受日本「二十一條」要求，廢共和，行帝制，登位為「中華帝國皇帝」。
1916	（17歲）母親迫於貧困，服毒自殺。	袁世凱卒，洪憲帝制失敗。
1917	（18歲）入讀北京俄文專修館。	張勳復辟，僅十二天而終；俄國十月革命成功，翌年李大釗先後發表了〈庶民的勝利〉、〈布爾什維克主義的勝利〉等文章，歌頌俄國十月革命和傳播馬克思主義。
1919	（20歲）參加五四運動被拘禁；創辦《新社會》旬刊。	中國代表出席巴黎和會；五四運動爆發，學生示威，引發各地罷課、罷工、罷市。
1920	（21歲）參加北京馬克思學說研究會；應《晨報》與《時事新報》聘請，以特派記者身份前往莫斯科考察。	李大釗在北京成立馬克思學說研究會；陳獨秀於上海成立第一個共產主義小組。
1921	（22歲）在莫斯科出席共產國際第三次代表大會，遇列寧並作交談；經張太雷介紹，加入蘇俄共產黨。	廣東非常國會選舉孫中山為非常大總統；中國共產黨於上海成立。
1922	（23歲）肺病復發，入院療養；正式加入中國共產黨；出席共產國際第四次代表大會。	中國代表出席華盛頓會議，簽訂《九國公約》；中國共產黨第二次全國代表大會在上海舉行。

年份	瞿秋白年譜	中國大事錄
1923	（24歲）從莫斯科回到中國，主編《新青年》，發表《國際歌》中文首譯及《赤潮曲》，任教於上海大學。	魯迅第一部小說集《吶喊》出版；曹錕賄選為中華民國大總統。
1924	（25歲）與王劍虹結婚；當選國民黨候選中央委員；喪妻；連續三天刊報三則啟事，宣告與楊之華結合。	中國國民黨改組，國共第一次合作；黃埔軍校建立。
1925	（26歲）主編中共刊物《熱血日報》、《嚮導》。	孫中山在北京逝世；五卅運動爆發；國民政府在廣州成立。
1926	（27歲）投入編譯撰文工作。	國民革命軍誓師北伐。
1927	（28歲）主持中共「八七會議」，成為中共最高領導人，執行土改、燒殺及秋收暴動政策。	國民黨南京「清黨」、武漢「分共」，國共分裂；共產黨在南昌武裝起事，建立紅軍；毛澤東在井岡山創建第一個農村革命根據地。
1928	（29歲）在莫斯科舉行的「中共六大」中被批判犯上「左傾盲動主義」錯誤；留莫斯科任中共駐共產國際代表。	國民黨控制主要城市地區，共產黨則在多處建立農村革命根據地；東北易幟，國民黨北伐完成，南北統一。
1929	（30歲）於莫斯科被蘇共及王明等打擊為「右傾機會主義者」；肺病復發，留蘇休養。	中共組成以江西瑞金為中心的中央革命根據地。
1930	（31歲）在莫斯科發表《中國拉丁化的字母》；被撤銷中共駐共產國際代表職務；回國；主持中共中央六屆三中全會，批判李立三的「左傾冒險主義」。	中國左翼作家聯盟在上海成立；國民革命軍與中國工農紅軍進行第一次「圍剿」/「反圍剿」。
1931	（32歲）被中共六屆四中全會開除出中央政治局。	國民革命軍與中國工農紅軍進行第二次、第三次「圍剿」/「反圍剿」；「九一八瀋陽事變」爆發；中華蘇維埃共和國成立。

年份	瞿秋白年譜	中國大事錄
1932	（33歲）上海養病，集中做文學工作，與魯迅、茅盾、夏衍、馮雪峰等領導左翼文化運動。	「一二八」淞滬抗戰爆發；東三省淪陷；偽「滿洲國」在長春成立；蔣介石宣佈「攘外必先安內」為基本國策。
1933	（34歲）與魯迅合編《蕭伯納在上海》、編《魯迅雜感選集》，獲魯迅書贈「人生得一知己足矣，斯世當以同懷視之」條幅。	熱河淪陷；國民革命軍與中國工農紅軍進行第四次、第五次「圍剿」／「反圍剿」。
1934	（35歲）告別楊之華，離開上海，赴中央蘇區，任教育人民委員，兼任國立蘇維埃大學校長，參與和領導蘇區文教工作。	中共中央派出先遣隊北上抗日；中共中央紅軍開始長征。
1935	（36歲）於福建長汀被國民黨部隊俘獲，6月18日遭槍決，死前在獄中寫下〈多餘的話〉。	遵義會議召開，確立了毛澤東在中共的領導地位；年底長征紅軍到達陝北。
1936	逝世一年四個月後，魯迅病逝。	
1955	逝世二十周年，遺骨由福建長汀遷葬至八寶山革命公墓。	
1967	被中共中央打成「叛徒」，遭挖墳掘墓，暴骨揚灰。	
1973	遺孀楊之華在文化大革命中受到迫害，在長期關押後，病逝北京。	
1977	中共中央為楊之華平反昭雪，並舉行骨灰安放儀式和追悼會。	
1985	逝世五十周年，中共中央舉辦瞿秋白就義五十周年紀念會。	
1989	誕生九十周年，中國人民郵政發行瞿秋白紀念郵票。	
1995	逝世六十周年，瞿秋白紀念館出版《瞿秋白研究》第七輯。	
1999	誕生一百周年，中共中央在人民大會堂召開瞿秋白同志誕辰100周年座談會。	
2021	百歲女兒瞿獨伊獲頒中國共產黨成立100周年「七一勳章」。	

編製：2010年
修訂：2023年

演出資料

首演

劇名：《多餘的話 —— 瞿秋白的挽歌》

日期：1995 年 2 月 10 至 12 日

地點：沙田大會堂文娛廳

主辦：沙田文藝協會（1995 沙田戲劇節）

製作：致群劇社

主要編創、製作人員：

編劇：	白耀燦
導演：	白耀燦、鄭振初
監製：	蘇欣欣
佈景設計：	鄧偉培
作曲：	鍾永康
現場鋼琴演奏：	鍾永康
音響設計：	張永康
燈光設計：	張君熙
服裝設計：	梁健棠
舞台監督：	陳國明

主要演員／角色：

白耀燦　飾演　瞿秋白
歌隊：余世騰、郭惠芬、黃子敬、謝寬容、鍾寶強、蔡劍雄、
吳少岳、黃家明、潘彥榮、關美莉、李子明、曾肇基

重演

劇名：《瞿秋白之死》
日期：1996 年 6 月 28 至 30 日
地點：香港藝術中心壽臣劇院
主辦及製作：致群劇社
資助：香港藝術發展局

主要編創、製作人員：

編劇：	白耀燦
劇本整理：	張秉權、尹錦榮
導演：	張秉權
監製：	姚寶玲
舞台設計：	余振球
作曲：	鍾永康
現場鋼琴演奏：	鍾永康
音響設計及製作：	張永康
燈光設計：	盧秀嫻
服裝設計：	梁健棠
幻燈設計及製作：	張永康
舞台監督：	羅國偉

主要演員 / 角色：

白耀燦　飾演　瞿秋白
歌隊：胡越、郭惠芬、李子明、謝寬容、鍾寶強、蔡劍雄、
吳少岳、黃家明、潘彥榮、關美莉、張美儀、尹錦榮

劇評選輯

首演

「白耀燦寫瞿秋白時，『長征棄兒』一場最能表現他的史觀，四個共產黨的軍事領導人在雨中決定了瞿秋白的命運，看得使人既心酸，又心傷。」

盧偉力

〈告別理想主義：《多餘的話 —— 瞿秋白的挽歌》〉

《經濟日報》，1995 年 2 月 23 日

「全劇既以瞿秋白遺作〈多餘的話〉作藍本，即也以瞿秋白為敘事重心。導演以白耀燦所飾的瞿為主，輔以一隊十二人的歌誦隊，分飾其他角色，也同時輔助朗誦劇本中的詩詞。其形式有些近似希臘悲劇。那樣『瞿』便擔當起一個悲劇英雄的分量了。」

張近平

〈悲愴未必悲壯〉

《文匯報》，1995 年 2 月 25 日

「此時此地瞿秋白，夕陽斜照杜娟紅；
似禮炮轟醒殖民夢，是煙花耀燦小香龍。」

麥秋

《瞿秋白之死》場刊，1996 年 6 月 28 日

「致群劇社一齣關心國事的活報劇，白耀燦對瞿秋白敬禮的一首史詩 —— 對中國近代史和舞台劇有興趣的朋友都不容錯過。」

蔡錫昌
《瞿秋白之死》場刊，1996 年 6 月 28 日

重演

「……這次重演『瞿秋白』，找來老大哥張秉權當導演，使演出的理性成分提高，這是明顯可見的進步。去年的演出，白耀燦一身兼編、導、演三職，在情感上雖然有濃郁的揣摩，但能入乎其內，卻不能出乎其外；這次演出，情感的節奏，起伏收放都自如多了。我們看到更多的瞿秋白，而非醉心瞿秋白的白耀燦。」

盧偉力
〈在感性和理性之間解脫 —— 看致群劇社《瞿秋白之死》〉
《信報》，1996 年 7 月 4 日

「……若果這個題材沒有從自身出發，再用一個較為現代的思維方式去審視的話，愈強化它的理想情懷及詩意，在今天產生共鳴及震撼力的可能性就愈低。」

鄧樹榮
〈再閱讀《瞿秋白之死》史詩劇場〉
《信報》，1996 年 7 月 6 日

二、《袁崇煥之死》

(2001)

編劇的話

1998 年 6 月 30 日，我在北京，正在參加由一群香港教育界人士組成的訪京交流團，在酒店房間內，偶然翻看當日《文匯報》的一篇專題文章：〈佘家義守袁墓三百年〉，驚「義」之餘，翌晨離團，逕往位於崇文區廣渠門的北京第五十九中學，敬謁袁崇煥墓，並在破落的斗室中（昔日的袁祠，在文革中遭破壞），初次拜訪了佘幼芝女士 —— 佘家義守袁墓的第十七代傳人。

1999 年 7 月，我帶着學校的十五位學生，在北京參加普通話學習班，我又一次自設行程，帶同學生再訪袁墓及佘家，給他們上了一堂活的歷史課。

之後，守墓人的故事，常縈耳際，揮之不去，乃約致群劇社諸友分享。是年十月某日，赴約途中，在搖晃的地鐵車廂內，我搖出了這幾句來：

> 明末腐敗，帝主昏庸，閹宦弄權，
> 讒臣誤國，遼東邊患，危及京畿。

> 廷弼經略，布置制敵，嗚呼黨爭，
> 傳首九邊！崇煥督師，誓守遼東。

> 寧錦之捷，力挽狂瀾，清君忌之，
> 布局反間，崇禎猜疑，冤殺袁公。

> 磔刑於市，千古奇冤，民智愚昧，
> 爭啖國賊，梟首城頭，慘不忍睹！

佘君義士，袁帥部下，冒死偷屍，
葬於義園，隱姓埋名，囑訓子孫。

世世讀書，明理守哲，代代守墓，
不涉官場，春秋二祭，長伴英魂。

壯哉佘氏，世遵祖訓，不捨不忘，
守墓護墳，不離不棄，心苦誰知。

十有七代，三六九年，清世民國，
帝制共和，世局多變，義事長存！

四九開國，諸事新猷，城規基建，
舊物多除，中學校園，立於城南。

袁墓袁祠，就在其中！十年浩劫，
暴民踐辱，文物盡毀，祠不成祠。

幼芝女流，六旬老婦，力抗長官，
四出奔走，既保袁墓，更議復祠。

誓存祖業，拚不遷離，余適在京，
聞其事蹟，聽其細訴，不禁肅然！

春秋變易，無損衷情，忠義二字，
信非文物，乃活見證，維繫人間！

於是，2000年復活節期間，我再訪北京佘家，這次，我執
着太太的手，第三次在北京袁崇煥墓前鞠躬，也第三次在凋殘的
袁祠內，向佘家問安。

兩年內三訪佘氏，所為者何？

我任教中史科，至今已二十五年了。忠義兩字常掛口邊，但總覺是先王遺事，都成廣陵絕響，在今天的俗世中，就如恐龍般絕跡。當我知悉佘家守墓一事後，親臨歷史場景，親聆佘女士的細訴，其人其事，其志其節，活生生的就在眼前！當日那份心情，就如同一個科幻迷驀然看見 ET 外星人在眼前出現般興奮和感動！原來忠義並非塵封的歷史文物，乃是活的見證！一般祖傳的產業，能夠傳及三代子孫，已屬幾希，更何況是無名無利的默守孤墳？且更延續三百七十個年頭而未嘗中斷？豈不奇哉？箇中堅貞與不屈，豈不令人由衷敬佩？這肯定是舉世無雙的健力氏（世界）紀錄！

就是在這份心情下，草成劇本，聊表敬意。佘幼芝為修墓復祠而四出奔走，我忝為知音，也不自量力，願向八方呼號，發揚精神！

2001 年 2 月

【2023 年 2 月重新整理】

劇本

《袁崇煥之死》

獻給守護袁崇煥墓的佘家第十七代傳人
佘幼芝女士

分場表

序幕

晨昏守制（1630-2002）

時：晨昏、寒暑、歲月、春秋

地：無定

人：佘氏子孫、佘幼芝

【台上某角吊下燭台，佘幼芝把燭光燃點。】

【佘氏子孫各人拿着掃把在打掃，不停地打掃，專注地打掃，義無反顧地打掃，這是一個莊嚴的集體動作。出來的效果是一場儀典，可是參與者卻並無意識、無默契要做一個儀典。打掃之後是獻花 —— 每人從懷中拿出鮮花，恭恭敬敬地擺放，然後灑水，然後鞠躬，然後再打掃，再鞠躬……不斷地重複、重複、重複，當中經歷了晨昏、晴雨、寒暑、春秋。】

【幻燈投射內地與香港報刊有關佘幼芝守墓的報導。】

第一場
袁氏祭祖（1995）

時：1995年5月27日（初夏）

地：袁墓（修復後）

人：袁振鴻、司儀、佘幼芝（57歲）、焦立江（57歲）、焦平（21歲）、焦穎（29歲）、佘寶林（堂兄，65歲）、堂侄（33歲）、堂嫂、袁氏宗親若干人

【袁氏宗親在代表袁振鴻領頭下，在北京崇文區第五十九中學校園內的袁崇煥墓前肅立着。袁振鴻正在宣讀祭文……】

袁振鴻　「……觀乎戈矛所指，蛇蝎皆驚。能分君國之憂，直似擎天一柱，不作榮封之賞，誠然磊落奇才。詎料社狐散毒、昏帝庸才。痛三字以冤成，負一生之宏願。竟使干城被毀，明室垂亡。傷哉已矣，何其痛乎！孫等遠懷祖德，肅立墳前。瞻祖墓之靈光，得佘家之護養。清芬世誼，永伴廬居。粵籍兩宗，永崇祀享。……嗟乎！讀史興悲，臨風流涕。望薊門城廓，猿鶴啼聲；吊莞邑祠踪，心情澎湃。凜然拜祭，荐以馨香；敬撰祭文，魂兮歸里。肅然、凜然、虔告、謹告。」

東莞袁氏宗親上京祭祖團全體代表敬祭[1]

司儀　　向督師墓三鞠躬。

【袁氏宗親集體在袁墓前三鞠躬。】

司儀　　佘義士冒死殮葬督師遺體，義薄雲天，謹向佘義士墓三
　　　　　鞠躬。

【袁氏宗親集體在佘墓前三鞠躬。佘幼芝、焦立江、焦穎、焦平、
堂兄及堂侄鞠躬回禮。】

1　一九九五年五月廿七日東莞袁氏宗親上京祭祖團祭文（全文）

　　作者：袁振鴻

　　維公元一九九五年五月廿七日，歲次乙亥四月廿六日，為我祖督師
　　公四一一周年誕辰。莞邑袁氏宗親組團上京拜祭。謹以莞俗及牲果
　　香醴之儀，告於督師靈墓之前曰：

　　吾祖以一介書生，榮登蕊榜；八閩小吏，擢操戎機。塞外布營，平台
　　對策。觀乎戈矛所指，蛇蝎皆驚。能分君國之憂，直似擎天一柱，不
　　作榮封之賞，誠然磊落奇才。詎料社狐散毒，昏帝庸才。痛三字以
　　冤成，負一生之宏願。竟使干城被毀，明室垂亡。傷哉已矣。何其
　　痛乎！孫等遠懷祖德，肅立墳前。瞻祖墓之靈光，得佘家之護養。
　　清芬世誼，永伴廬居。粵籍兩宗，永崇祀享。惟是此行所告，寄意良
　　多，有熱心參加與攬權輕視者。有風清節操，約己愛民與貪贓枉法，
　　損公肥私者，督師英靈，分以庇懲。武穆云：文官不愛錢，武官不惜
　　命。督師云：心術不可得罪於天地，言行要留好榜樣與兒孫。願各
　　宗長，廉潔政聲。以此為訓，告慰先靈。嗟乎！讀史興悲，臨風流
　　涕。望薊門城廓，猿鶴啼聲；吊莞邑祠踪，心情澎湃。凜然拜祭，荐
　　以馨香，敬撰祭文，魂兮歸里。肅然、凜然、虔告、謹告。

　　　　　　　　　　　　　　　　　東莞袁氏宗親上京祭祖團全體代表敬祭

司儀　　　佘家子孫世代廬居墓旁，守護督師，春秋二祭，不離不棄，自明崇禎三年，公元 1630 年，迄今公元 1995 年，歷十七代凡 365 年，未嘗中斷！謹向佘義士第十七代後人佘幼芝女士鞠躬致謝！

【佘幼芝回禮。】

司儀　　　默哀一分鐘。

【堂兄佘寶林有點不耐煩，打呵欠。微風吹過，樹葉和鳥糞散落在兒子頭肩上，兒子連忙拍去穢物塵垢，整理衣裝髮容，已顧不及默哀這回事了。】

堂嫂　　　（不耐煩，向丈夫說）修葺了墓碑，那又如何？頂多只是多了些人來拜祭！又不見得有甚麼好處。走罷！

堂兄　　　這……

堂嫂　　　等到有錢賠償時才再來罷！

司儀　　　默哀完畢。禮成。

【默哀剛完，堂嫂勉強向各宗親笑別，硬拉着丈夫、兒子離去。眾宗親愕然。】

【佘幼芝欲挽留，焦立江按阻她。】

【轉眼間已是袁氏祭祖後的傍晚。】

【舞台上只剩下佘幼芝，依舊立在袁墓前。】

【焦立江、焦穎及焦平三人出。】

焦立江　幼芝，幼芝，你還在等？

佘幼芝　多等一會兒吧。說不定我大哥會回轉頭哩！

焦立江　不用等了！你的好堂兄一家人今回一走，說不定又走他個十年八年哩！今早我和你都給嚇了一驚，自從他一家三口在文革時溜走了後，渺無音訊，失蹤了足足三十年，今早卻突然出現，可是鞠了兩個躬，打了幾個呵欠，話沒跟我們說多句，又不見人了！

佘幼芝　文革的事不好提了。

焦立江　怎麼不好提？若不是拜文革所賜，這些年來我們又何須這麼辛苦地東撲西撲去爭取修復袁將軍的墓？這些年來，他們躲在哪裏？現在墓碑修葺好了，有人來拜祭了，又不知從哪裏鑽出來？大概是以為會有甚麼好處……

佘幼芝　大哥他有病……

焦立江　他有病，但那個女人沒病啊！他們根本沒心守墓！

焦穎　　若果守墓是有錢分的話，我看情形便不同了。

焦立江　嘿，阿穎說對了！

佘幼芝　這些話不要說了。

焦立江　你不用對他們再存甚麼幻想了！

佘幼芝　畢竟他們是佘家僅餘的男丁……

焦穎　　媽，這些事是不能勉強的。

【焦立江示意焦平向母親明言。】

【焦穎也鼓勵焦平把心裏的話説出來。】

焦平　　媽，如果我跟你姓，改姓佘，做佘家守墓的第十八代，
　　　　你會反對嗎？

佘幼芝　平兒，你……

第二場
文革砸墳 (1966)

時：1966 年秋
地：袁墓袁祠（破壞前）
人：佘幼芝（28 歲）、佘寶林（堂兄，38 歲）、堂侄（6 歲）、堂
　　嫂、紅衛兵：張軍、李紅、甲、乙、丙、丁、戊，1988 年
　　的焦立江（50 歲）

【佘幼芝一人在台上，回憶起文革時紅衛兵砸墳那驚心動魄的
一幕……】

【文革音樂，人聲沸騰。畫外音：「破四舊！打倒封建！打倒迷
信！文化大革命萬歲！無產階級革命萬歲！……」】

【文革暴民中多為第五十九中學學生，包括張軍、李紅、甲、
乙、丙、丁、戊等紅衛兵，高呼口號，搗牆毀碑，大鬧袁墓袁
祠……】

【堂兄佘寶林非常害怕，攬着兒子，顫縮一角，不敢哼一聲……】

紅衛兵甲　為無產階級服務的革命學校裏，怎可以有這個叫甚麼
　　　　　袁大甚麼龜蛋將軍的墓擱在這裏？看，對開的欄杆，
　　　　　紅漆的大門，白石階，石獅子……呸！這裏留下了多

二、《袁崇煥之死》（2001）

少勞動人民的血和淚？幸好我們早有準備，帶齊了工具。張軍、李紅，你們數人去把石獅鑿爛！你！（指着堂兄）去！把大招牌拆下來！（堂兄乖乖地把招牌除下，遞給甲，甲看……）「袁督師墓堂」——死人還霸着這麼大地方？（大力拍）來，踏碎它！

【眾踏。】

紅衛兵乙　（看石刻）這裏有甚麼「清同治七年」的甚麼「重修廣東舊義園記」……

紅衛兵丙　（看石刻）這裏有甚麼康有為康無為的甚麼「明袁督師廟記」……

紅衛兵丁　又是拜牛鬼蛇神的廟！

眾紅衛兵　打倒封建！打倒迷信！

紅衛兵甲　看，這個就是牛鬼蛇神的基碑了！（看佘義士墓碑）上面寫的是甚麼？你來看！

紅衛兵戊　好像是一些很古老的文字……（細看……）

紅衛兵丁　古老的都不是好東西！

紅衛兵戊　（問堂兄）這是你甚麼人的基碑？

【堂兄不敢回答，只懂搖頭。】

堂侄　是我爺爺的爺爺的爺爺的爺爺的碑！

紅衛兵甲　拜祖先？封建！迷信！

眾紅衛兵　打倒封建！打倒迷信！

紅衛兵戊　這些古老文字很艱深，我只看懂甚麼「義士」……，甚麼「民國」甚麼年立的……

紅衛兵甲　民國？國民黨的臭東西！張軍、李紅，把這些反革命的文字劃去！

【張、李二人劃字。】

【佘幼芝從回憶中進入文革的現場裏。】

紅衛兵乙　這邊還有一塊更大的碑。

紅衛兵甲　（讀）「有明袁大將軍墓」……有明？（不明白）有明，有明！有你奶奶的！有你就沒有我，張軍、李紅，過來鑿爛它！

佘幼芝　（再也受不了）不能動！這不是普通的墳，是毛主席當年親自下批文保護的！

【眾愕。】

張軍　　不要拿毛主席來唬嚇我們！

李紅　　不要褻瀆我們偉大的毛主席！

【堂兄欲勸佘幼芝不要多事，佘幼芝不理……】

佘幼芝　你們不信？五二年首都要拆除舊物，大事建設，本來所有城內的墳都要掘掉，屍骨要火化，然後遷葬城外，就是因為袁督師是捍衛我們北京城的民族英雄，葉恭綽、柳亞子、李濟深和章士釗四位名士特地上書毛主席，請求把這個墓和祠堂保留，毛主席批准了。

紅衛兵甲　甚麼四名士？你再唸一遍？

佘幼芝　　葉恭綽、柳亞子、李濟深和章士釗！

紅衛兵丙　甚麼名士不名士？我們只曉得工農兵同志和許多革命
　　　　　烈士都是無名英雄！

紅衛兵乙　甚麼葉公子柳公子，虧你還說得出來！

紅衛兵甲　不要欺負我不懂文化，李智深不就是《水滸傳》裏的
　　　　　賊和尚嗎？毛主席說《水滸傳》是封建文學的大毒草
　　　　　啊！我就是要學懂文化來打倒文化！

紅衛兵戊　不過那個甚麼蔣士釗好像是毛主席的⋯⋯

紅衛兵丁　都是姓蔣的，哪有好東西！

佘幼芝　　我這裏有毛主席批文的副本，你們看⋯⋯

【甲拿過了，遞給戊。】

紅衛兵戊　（讀出批文）「請彭真同志查明處理。我意若無大礙，
　　　　　袁崇煥祠墓應予保存。毛澤東。五月十六日。」

佘幼芝　　四子上書是在五月十四日，毛主席兩天後便覆了這批
　　　　　文！

紅衛兵甲　⋯⋯是彭真處理的！彭真！他是頭號走資派、工賊、
　　　　　叛徒、內奸劉少奇的得力助手，早已被關在牛棚裏！

紅衛兵丁　對啊！那天拷打他時我也在現場呢！（得意地）

張軍　　　廢話不多說了，拆掉吧！

紅衛兵戊　但碑上刻着大將軍三字，或許這個甚麼袁甚麼督師真是個有功於國家的⋯⋯

佘幼芝　　是啊！⋯⋯

紅衛兵甲　甚麼督軍大將軍？還不是封建舊時代帝王將相的糟東西嗎？

李紅　　　對啊！這些萬惡帝王將相的狗奴才都是榨取勞動人民財富的吸血鬼！

紅衛兵丁　他們都喜歡把金銀財寶帶進棺材裏陪葬。

紅衛兵丙　説不定這裏下面就有金銀珠寶呢！

紅衛兵戊　這塊石碑上（蹲在地上看一塊裂碑）好像説下面埋的只是那位大將軍的人頭⋯⋯

紅衛兵甲　那就是黃金頭了！是黃金頭了！我聽過的，我聽過的！來，快掘！⋯⋯黃金頭，黃金頭⋯⋯

【眾紅衛兵着了魔似的喃喃着「黃金頭，黃金頭⋯⋯」，雙手如發條的機器在挖、挖、挖⋯⋯】

【堂嫂探頭出來，拿着細軟，示意丈夫和兒子快跟她走⋯⋯】

佘幼芝　　大哥，你往哪去？

堂兄　　　（輕聲）這麼亂，還不走麼？

佘幼芝　　你走了，佘家誰來守護袁將軍的墓？

堂兄　　　我們是姓佘的，不是姓袁的，找姓袁的後人來守吧！

佘幼芝　　大哥……

堂兄　　　我們佘家已守了三百多年了，還不夠嗎？仁至義盡了。（攜子隨妻走）

佘幼芝　　仁至義盡？既然是仁義的事，為甚麼不繼續守下去呢？祖先的遺訓，我是不能丟的！袁將軍，你説得好：「心苦後人知」啊！

　　　　　（向眾紅衛兵）不要掘啊！請你們不要掘啊！下面埋的是捍衛首都的民族英雄，當年是給崇禎皇帝冤殺，凌遲處死，很慘啊！這是薊遼督師袁崇煥的墓啊！

紅衛兵甲　（隨應了一句）袁崇煥？我識他老幾？

【眾繼續發條地掘墳，佘幼芝悄悄地藏起一塊刻有袁崇煥親題「聽雨」的斷碑。】

【舞台一角，1988 年，50 歲的焦立江在斗室微燈下細閱袁崇煥的生平，感動得不其然地吟誦着袁崇煥的詩句。背景音樂奏出「心苦後人知」的二胡主題隨想曲。】

焦立江　　（讀詩）「慷慨同仇日，間關百戰時；功高明主眷，心苦後人知。麋鹿還山便，麒麟繪閣宜。去留都莫訝，秋草正離離。」（袁崇煥：〈南還別陳翼所總戎〉）……「心苦後人知」！（感慨）

第三場
煤山夢魘（1644）

時：崇禎十七年（1644）

地：北京煤山槐樹下

人：崇禎帝（34歲）、王承恩（宦官）、滿桂（鬼魂）、趙率教（鬼魂）、何可剛（鬼魂）、程本直（鬼魂）、1988年的焦立江（50歲）

【戰鼓擂鳴，殺聲喧天，風雲閉日。崇禎倉皇奔上煤山，太監王承恩隨侍在側。二人走至一槐樹下。】

【崇禎回望四處火光的紫禁城，頹然跪下，王承恩亦隨跪於旁。】

崇禎帝　（劃十字聖號）天父啊！聖母啊！崇禎罪孽深重，斷送大明江山，愧對列祖列宗，求天父、聖母寬恕！昔才在太和殿上，朕當着群臣面前說：「君非亡國之君，臣乃亡國之臣！」此乃朕死要面子的強詞罷了，我實在沒有勇氣在滿朝文武跟前承認罪責！弄至如今田地，滿奴雄據山海關外，闖賊殺入宮闈，都是朕之故也！朕乃亡國之君，朕乃亡國之君！（狂劃十字聖號）

王承恩　（陪劃十字聖號）聖上毋用深責，若不是叛將洪承疇松山降寇，逆閹曹化淳開彰義門迎賊，聖上還是大有可為的。

崇禎帝　無可為了，無可為了！朕錯殺了袁崇煥，朕錯殺了袁督師，朕自毀長城啊！……

【一閃雷電，回到了十五年前，崇禎在太安門的平台上審責袁崇煥。】

【當前跪下的王承恩，就成為崇禎夢魘裏的袁崇煥。】

崇禎帝　袁崇煥！你為甚麼恃着朕賜你尚方寶劍，便擅殺毛文龍？人家總算是皮島統帥啊！你以為你是誰？為甚麼不事先向朕奏准？……

【崇禎把王承恩看作是袁崇煥，王承恩不知所措。】

崇禎帝　金賊兵臨城下，你本已在廣渠門大勝一仗，為甚麼不乘勝追擊，反而屯兵城門外，按兵不動，你有何圖謀？……為甚麼你一早就料到皇太極會繞道從西路進襲北京？……你不肯出戰，到底有甚麼居心？想篡位麼？想威脅朕、迫朕議和麼？……哦……你說得知金兵入京，才從寧遠馳援來救，為甚麼竟然比皇太極還要早到幾天？……呵，呵，呵！若不是兩位內侍因禁在敵營時偷聽了你和皇太極的密約，又蒙皇天庇佑逃脫回宮向朕告發，朕豈不是蒙在鼓裏？……若不是謝尚政親自指控你，朕豈不成為天下間第一大蠢人？謝尚政可是你的親信啊！……甚麼？傳訊他們？不用傳訊了，此事「莫須有」！……袁崇煥擅主和議，通敵謀反，依法磔刑處死！……

王承恩　皇上，袁崇煥是通敵的賣國賊，磔刑處死是依法行事啊！皇上，你並非無可為啊！你不是昏庸的宋高宗，你是誅殺魏忠賢逆閹的明君啊！

【崇禎清醒過來⋯⋯】

崇禎帝　袁崇煥啊！袁崇煥啊！如果今天你還在領軍，大明無憂矣！大明無憂矣！難道朕不知道借刀殺人的故事麼？難道朕不曾懷疑皇太極是用反間計麼？但袁崇煥，你太強了！朕登基之時，你正歸隱羅浮，朕愛惜你的才華，多次下旨召你再戰遼東，你為甚麼老是推辭，要待你的步將飛騎至廣東，一請你便出山？袁督師，你督師的威權是朕賞賜給你的，可是你愛你的部下多於愛朕啊！朕連番催戰，愛卿你為甚麼偏不出兵？（轉語調，把王承恩當作是袁崇煥⋯⋯）你瞧不起朕？你這個廣東南蠻子，該殺！該殺！該凌遲千刀，殺，殺，殺！

【一陣風雷急電，滿桂的鬼魂上。】

滿　桂　你這個狗皇帝！你好狠毒啊！

崇禎帝　你是誰？

滿　桂　我是滿桂，和袁督師並肩死戰的滿桂！

崇禎帝　你怎麼會在這裏？是袁崇煥差你來護駕的麼？

滿　桂　我是來為督師，為我，為遼東的將士們向你討命的！

崇禎帝　（大驚）王承恩，王承恩，你在哪裏？

王承恩　小臣就在這裏！（王看不見鬼魂）

【但崇禎看不見、聽不到王承恩，驚跑，王承恩追侍在後。】

滿桂 　你這狗皇帝，你關了袁督師下牢後，便硬要我領軍出戰，我是被亂刀活活的砍死！好慘啊！

崇禎帝 　軍人戰死，有啥出奇？

滿桂 　你這嗜血的屠夫！袁督師一知道京師危困，便立即發兵勤王……

崇禎帝 　沒朕調令，何敢帶兵犯京？……

滿桂 　督師雖然明知沒有朝廷調令，擅自帶兵入京，還要兵臨城下，一定會招來話柄。但話柄又如何？督師把個人安危置諸腦後，一心以國家為重，要解皇城之困啊！於是以九千兵馬，從關外冒雪兼程，不眠不休，疾行三個晝夜，督師身先士卒，我們也不怕辛苦，結果竟然搶在皇太極前頭，率先抵廣渠門城外！但將士已疲累不堪，飢寒難忍，只求入城稍作休整罷了，但，你這狗皇帝，卻緊閉城門，着我們就地露天紮營，再從城頭縋下一繩，只許督師一人入城。你當我們這班拼命殺敵的將士是甚麼？是搖尾乞飯的叫化子麼？

崇禎帝 　兵臨城下，居心叵測，大開城門，讓你等一湧而入？

滿桂 　我呸！我們忠肝義膽，你道是作反？九千殘兵，面對金兵十萬大軍，我們怕麼？督師下令我們全體將士每人口含一枚銅錢，只准死戰，不准驚呼喊怕，血戰七日，督師真神勇啊！他不又是指揮我們打了一場勝仗麼？但這是一場慘勝啊！是鼓着僅餘一口氣的僥倖勝利啊！我們需要休息啊！

崇禎帝 出戰！出戰！為甚麼不出戰？

王承恩 皇上！皇上！

滿桂 僥倖勝利只能一次，不能兩次；疲兵只能捱一次，不能捱兩次。要等到各路勤王兵到，然後再決一死戰，畢其功於一役。這是督師的戰略！

崇禎帝 督師，督師，口口聲聲都是督師！你們眼中還有朕麼？出戰！出戰！

王承恩 皇上保重！皇上保重！

滿桂 還我命來！還我命來！

【又一陣風雷急電，趙率教的鬼魂上。】

趙率教 還我命來！還我命來！

崇禎帝 你是誰？

趙率教 我是寧錦大捷守衛錦州的趙率教。

崇禎帝 你死在遵化，不是死在北京，與我何干？

趙率教 我雖然不是死在北京，但如果你一早聽從督師的建議，我又怎會死在遵化？督師真是英明啊！一早看出西路空虛，多次上奏置重兵據防，你猜疑督師，懵於大局，對於督師奏請，一概不理，西路於是形同虛設。果然金兵繞道從西路入關，督師着我帶兵急援，但形勢已是太過懸殊了，我是在遵化城外中亂箭慘死的啊！

【再一陣風雷急電，何可剛的鬼魂上。】

何可剛　督師被你凌遲冤殺，我本已發誓不再為你這昏君賣命，帶兵歸養遼東，管你甚麼皇城被圍！即使大明亡國，也是你自己討來的，由他罷！但督師真是偉大啊！他不和你這個混蛋皇帝計較恩怨，臨刑前還從獄中來信，囑我等必以國家為重。督師捨身為國，我等豈不受他感召，重披戰衣？但大勢去矣！大勢去矣！我是在大凌河畔死不投降的何可剛！

滿趙何　（三人齊喊）還我命來！還我命來！

崇禎帝　朕是九五之尊，那怕你們這些遊魂野鬼？

滿趙何　（三人齊喊）還袁督師命來！還袁督師命來！

崇禎帝　袁督師，袁督師，你們開口閉口都是袁督師！袁崇煥，你究竟是個甚麼人來？

王承恩　皇上！皇上！（知道崇禎見鬼，既驚懼又要護駕……）

104　【滿桂、趙率教、何可剛三人下，程本直的鬼魂上。】

程本直　袁崇煥是個甚麼人？（大笑）「予何人哉？予何人哉？十年以來，父母不得以為子，妻孥不得以為夫，手足不得以為兄弟，交遊不得以為朋友，予何人哉？直謂之曰：大明國裏一亡命之徒也。」（程本直：《漩聲》）

崇禎帝　你就是袁崇煥？

程本直　非也，非也。無父，無妻，無弟，無友，一心只為大明亡命守邊，唯有督師方肯為之，臣程本直當不上也！「臣於崇煥，門生也。崇煥既被冤殺，臣又何忍獨生？

伏乞皇上將臣一併治罪，俾與崇煥同斬於市。」(程本
直：《白冤疏》)

崇禎帝　噢！程本直，朕記得了。你傻了嗎？朕要殺的是袁崇
煥，你和他非親非故，又不是他的部下，為甚麼硬要認
作他的門生，陪他一起死？你真是一大痴漢子了！

程本直　一大痴漢子？(大笑)「舉世皆聰明人，而袁公一大痴
漢子也。惟其痴，故舉世最愛者錢，袁公不知愛也；舉
世最怕者死，袁公不知怕也；舉世所不敢任之勞怨，
袁公直任之而不辭也；於是乎舉世不得不避之嫌疑，袁
公直不避之而獨行也；於是乎舉世所不能耐之飢寒，袁
公直耐之而身先士卒也；而且舉世所不肯破之體貌，袁
公力破之而與諸將吏推心置腹也。……掀翻兩直隸，踏
遍一十三省，但求渾身擔荷、徹裏承當如袁公者，不可
再得也。此所以袁公值得程本直一死也。」(程本直：
《漩聲》)

【程本直說此段話時，崇禎已從懷中掏出三尺紅羅，王承恩助他
準備自縊。】

【程本直下。】

崇禎帝　袁崇煥啊！你魂兮歸來，魂兮歸來，寡人想見你啊！

【崇禎劃上最後的十字聖號，自縊。王承恩跪泣地下。】

【舞台一角，1988 年，50 歲的焦立江在斗室微燈下，吟誦袁崇
煥的詩句……】

焦立江　（讀詩）「五載離家別路愁，送君寒浸寶刀頭。欲知肺腑同生死，何用安危問去留。策杖只因圖雪恥，橫戈原不為封侯。故園親侶如相問，愧我邊塵尚未收。」（袁崇煥：〈邊中送別〉），「策杖只因圖雪恥，橫戈原不為封侯……」（稍頓，回味）「故園親侶如相問，愧我邊塵尚未收。」……（感慨）好一個袁崇煥！崇禎啊崇禎，你為甚麼要自毀長城？

第四場
粉骨何辭（1619-1630）

時：萬曆四十七年至崇禎三年（1619-1630）

地：皇榜／誥命／敕命張貼處：北京城禮部、福建邵武縣、北京城兵部、山海關、寧遠城、紫禁皇城⋯⋯北京城外皇太極軍營、北京菜市口刑場

人：眾閒民、各地傳令官（可一人分飾）、太監楊春、太監王成德、眾暴民、1988年的焦立江（50歲）

【舞台一角，1988年，50歲的焦立江繼續在斗室微燈下，翻看袁崇煥的生平遭遇⋯⋯】

【舞台上另分為六個演區，分別代表北京城禮部、福建邵武縣、北京城兵部、山海關、寧遠城、北京朝廷等地的皇榜、誥命、敕命張貼處。】

【一眾閒民，無所事事，百無聊賴，天天等日子過。在北京城，在福建邵武縣，在山海關，在寧遠城⋯⋯不管在中國哪個地方，都有着他們的身影。他們最大的娛樂，就是每天看皇榜、看告示，看看有甚麼最新消息，哪位大臣給擢升，那個官員被貶謫。日復一日，年復一年⋯⋯】

【萬曆四十七年某日，北京城禮部，中和韶樂，演區燈亮，傳令官甲手持皇榜，一眾閒民湧上。】

傳令官 （宣讀）「奉天承運，皇帝詔曰：廣東東莞袁崇煥，字元素，號自如，中進士第三十名，編入翰林為官。」

【天啟元年某日，福建邵武縣衙，鑼聲，演區燈亮，傳令官手持敕命，一眾閒民湧上。】

傳令官 （宣讀）「袁崇煥，授福建邵武縣令，官七品。」

【天啟二年某日，北京城兵部，鑼聲，演區燈亮，傳令官手持敕命，一眾閒民湧上。】

傳令官 （宣讀）「袁崇煥，授兵部職方主事，官正六品。」

【同年較後某日，山海關，戰角聲，演區燈亮，傳令官手持誥命，一眾閒民湧上。】

傳令官 （宣讀）「袁崇煥，授按察司僉事，山海關監軍，官從五品。」

【天啟六年某日，寧遠城，戰角聲，演區燈亮，傳令官手持誥命，一眾閒民湧上。】

傳令官 （宣讀）「袁崇煥築城寧遠，購佛朗機大炮十門，轟斃滿酋努爾哈赤，封遼東巡撫，官正三品。」

【天啟七年某日，北京朝廷，笙歌宴樂聲，演區燈亮，傳令官手持誥命，一眾閒民湧上。】

傳令官 （宣讀）「寧錦大捷，再敗滿奴，封十門大炮為安國全軍平遼靖虜大將軍；……魏公公侄孫魏鵬翼，彌月沖喜，

福澤遼邊，封安平爵⋯⋯統帥袁崇煥，當援不援，當擊
不擊，暮氣難鼓，當是有過，姑念其忠心耿耿，立下戰
功，准其所奏，回鄉養病！」

【演區燈仍未轉，傳令官急把新的聖旨蓋在原來誥命之上。】

傳令官 （宣讀）「天啟駕崩，崇禎登位，誅逆閹魏忠賢！」

【演區燈仍未轉，傳令官又急把另一道新的誥命蓋在原來聖旨
之上。】

傳令官 （急讀）「新君崇禎詔曰：授袁崇煥兵部尚書，督師薊
遼，賜尚方寶劍，官正二品，即日回京述職！」（登壇點
將音樂）

【燈暗。】

【登壇點將音樂被急促的馬蹄聲取代。馬蹄聲是戰地軍馬的急行
節奏，是袁崇煥從寧遠急馳援京，在雪地疾行三日三夜的嘶喊。
馬蹄、嘶喊聲中，夾雜着畫外音：「督師傳令，不眠不休，急馳
京師！」⋯⋯】

【燈亮。舞台側閃出楊春和王成德兩位太監，剛從北京城外皇太
極的軍營逃脫，正奪命奔回紫禁皇城。】

楊春 （驚魂未定）沒有追兵了！

王成德 （回望）沒有了，沒有了！好彩數，走得脫！

楊春 更好彩數的是竟然給我們在皇太極軍營中偷聽到他們
的軍事機密，袁督師他⋯⋯

王成德 還督甚麼師？袁崇煥這個大奸狡，枉聖上如此重用他，誰知是和滿賊私通的！我呸！

楊春 怪不得他在寧遠接到戰報後，這麼快便能來到北京城！才三日三夜嘛，難道他的軍隊會飛？原來早和皇太極約好的！

王成德 快！快奏知聖上！

楊春 對，這個廣東南蠻子！要揭穿他的漢奸真面目！（二人下）

【燈暗。】

【燈亮。只見傳令官大步而出，張開聖旨……】

傳令官 袁崇煥擅主和議，通敵謀逆，依法磔刑處死！

【一眾閒民，早已變成暴民，背着觀眾，在爭奪一樣甚麼東西似的……原來是在爭啖袁崇煥被割下來的肉，一錢買一塊肉，或搶其腸胃，和酒生喫，猙獰地喫，猙獰地喝……】

110

眾暴民 （咬牙切齒地不斷地喊叫）殺千刀的賣國賊！殺千刀的賣國賊！……

【眾暴民可怕駭人的身影、聲貌漸漸淡離退去……】

【一個圓球緩緩升起，高懸台中。】

【舞台一角，1988年，50歲的焦立江在斗室微燈下，吟誦袁崇煥的詩句。背景音樂奏出「心苦後人知」的二胡主題隨想曲。】

焦立江 （讀詩）「北闕勤王日，南冠就繫時。果然尊獄吏，悔不早輿尸。執法人難恕，招尤我自知。但留清白在，粉骨亦何辭！」（袁崇煥：《入獄》）（稍頓。重複再唸最後二句）「但留清白在，粉骨亦何辭！」粉骨亦何辭！袁崇煥，原來你一早便預見了可能的下場！但你沒有迴避啊！（感動）

【上半場完。】

第五場
春秋家訓（1996）

時：1996 年

地：北京第五十九中學校園一角（袁墓旁），盜屍刑場，佘家 /
　　廣東義園

人：第五十九中初中學生：甲、乙、丙、丁、戊、己、庚、申，
　　佘幼芝（58 歲）、焦立江（58 歲）、刑場上眾暴民、守衛數
　　人、佘義士（黑衣人）、佘義士家人們

【1996 年的某一天，北京市崇文區第五十九中學校園球場的一
角，旁側為 1992 年修復的袁崇煥墓，有鐵圍欄及磚矮牆隔開。】

【五十九中的初中學生們：甲、乙、丙、丁、戊、己、庚、申正
在玩傳球遊戲。那個球正是上半場完時升起的球⋯⋯】

學生甲　（向乙）接住！

學生乙　（向丙）接住！

學生丙　（向丁）接住！

【丁失手。】

眾學生　噓！真沒用，一個圈也傳不到！

學生甲　再來……

【同上動作，今次傳了一個圈，但在第二圈傳至丙時又失手。】

學生甲　集中精神，再來一次。

【這次傳至第二圈，球到申時又失手。】

眾學生　噓！

學生乙　真是沒啥用，差點兒便傳到兩個圈了，都是你！（向申）

學生丙　是啊，都是你，敗家星！（向申）

學生丁　二世祖！（向申）

學生申　為甚麼都賴着我？

學生戊　不是麼？若不是你接球不穩，早已傳了兩個圈！

學生申　你說的容易，換着是你，球早已飛到不知哪裏了！

學生甲　不要吵，再來一次，集中精神，誰失手，誰沒得玩！
　　　　出黨！

學生己　當心不要當上千古罪人哩！

【再次傳球，過了兩圈，眾歡呼。誰知球到了丁時又失手了。】

眾學生　出黨！出黨！

學生庚　給他多一次機會吧！來，讓我們緊緊地團結在黨中央的
　　　　領導下，不到第三梯隊，誓不罷休！

學生丙　對，三個圈，三代同堂！

學生戊　傳不了三個圈，不准回家吃飯！

學生丁 傳三個圈都這麼困難，若要毫不中斷地傳十個圈？豈不是幾天沒飯吃？這樣的遊戲我不玩了！

【學生乙早已等不及了，馬上開球，學生丁被學生戊拉着留下繼續玩。這回傳至第三圈某人時，球直飛入袁墓內。】

【眾學生亂哄起來。】

學生丁 快找佘幼芝來把鎖打開！

學生己 那個老太婆？走路一拐一拐的，等不了……（找來學生庚把他抬起，攀入袁墓內……）

學生乙 快，那個佘婆婆，一天準來這墳墓兩三次！説不定她馬上就要來……

【佘幼芝拿着掃把，焦立江挽着兩桶水，剛要進墓園打掃，學生們忙攔着他倆……】

學生丙 佘老太，又來掃樹葉呵？

114

學生戊 讓我來幫你掃吧……（搶過掃把）

學生甲 你回去休息吧，一會打掃乾淨後把掃把還你！

學生乙 焦老師，這兩桶水很重的罷？不要費力挽過去了，讓我們悄悄地拉來學校的水喉給你們澆草吧！校長不會知道……

焦立江 多謝了，這兩桶水還難不倒我這副老骨頭，我還有力氣……幹嗎今天你們這班孩子竟把我倆當老太爺老太婆般伺候？

【糾纏間學生己已從墓內撿球擲出來，剛好擲在佘幼芝等人身上。】

【眾愕。焦有點不悅，佘幼芝沒有惱氣，把球拾回來，交給孩子們。學生己仍在墓園內，正要攀跳出來，佘幼芝連忙勸止⋯⋯】

佘幼芝　　小心跌壞了！不要動，我來開鎖。

焦立江　　哪用擔心！這些孩子們蹦蹦跳跳的，準跌不壞⋯⋯

【佘已逕往開鎖，學生己走出來，和佘打個照面⋯⋯】

焦立江　　又是你，那天你們在練習推鉛球，把牆腳也推崩了一大片⋯⋯

【學生己一言不發，一下子便溜走了。】

學生庚　　對不起！（轉過頭來跟着也跑掉了）

佘幼芝　　（還是很有耐性地）你們坐下，你們年紀輕，不知道，讓佘婆婆說給你們聽⋯⋯

【餘下的學生，只有學生丁和學生戊坐下，其餘的學生甲、乙、丙、申，都不大願意地站着。】

佘幼芝　　裏面的墓園，不是普通的墳墓，葬的是明朝抵抗滿清的袁⋯⋯

學生甲　　「有明袁大將軍墓」，你不知已說過多少遍了，這個墓，我們天天見着哩！

焦立江　　可是背後的故事？

學生申　　我可不管，我只知老師說若果不是這個死人的墳在這裏礙着，我們的球場原來可大多哩。

學生乙　校長還説是這個墳阻着我們五十九中的發展哩！

佘幼芝　（有點兒氣，但按住）五十九中是 1955 年才建成的，可是這座墳在這裏已多久了？

學生申　才四年吧！之前本來是我們校辦的實驗工場！老師説的。

學生丙　我那時是個小學生，我還記得……（數算着）1992 年……這兩塊碑才豎起，這道圍牆才加建起來。不要以為我們甚麼也不知道！

焦立江　（再按捺不住）那是因為文革把原本在這裏的甚麼東西都給砸碎了！這裏原本是大姐的地方……

佘幼芝　（向焦）對待孩子要耐心地教育。（向學生）你們老師沒給你們説，我來説。這裏原本叫佘家營，三百六十六年前我家的先祖已冒死偷偷地把袁將軍葬在這裏！這裏早就豎立了袁將軍和我家先祖佘義士的墓碑。

焦立江　還有，我們家周圍那十七戶住着的一大片地方，你們學校現在仍在收着他們的租金呢，原本就是紀念袁將軍的祠堂！他們都是在文革的時候強佔着住的！（開始有點激動）

學生乙　甚麼？三百六十六年？……

學生丁　為甚麼要偷偷的葬？

佘幼芝　（悲慟起來）袁將軍是給明朝最後的一位昏皇帝誣害死的，硬説他是叛國謀反，把他凌遲處死！

學生戊　甚麼叫凌遲？

學生甲　（搶着）既然是偷偷的葬，哪來這麼大的墓園？還有甚麼風光的祠堂？

學生丙　對啊！你們住的那邊擠滿了十幾戶的髒地方，昏昏暗暗的，家裏連廁所也沒有，要跑到街上的公廁的，你竟然説是祠堂？騙人呢！

焦立江　你説對了一半！最初是偷偷的葬，拜祭也是偷偷地進行。一直到了一百五十年後，到了清朝的乾隆皇帝，翻查了歷史檔案，才發現原來是他的先祖皇太極向袁將軍施行反間計，便下詔給袁將軍平反，昭雪了他的冤情。於是有人便開始在這裏立墓碑，建祠堂。説來真荒謬，袁將軍為了保衛明朝，抵抗滿清，結果反被明朝皇帝所殺，而滿清皇帝卻給他平反！你説荒謬不荒謬？

【部分學生摸不着頭腦，有些則似懂非懂。】

佘幼芝　我們沒騙你們，只怪學校沒有把歷史的真相給你們説清楚罷！來來，讓佘婆婆説給你們聽。

【眾學生託詞走了，只剩下學生戊願意留下聽故事。】

焦立江　（洩氣）通通走清光！只留下一個！幼芝，算了罷，我們澆草去罷。

佘幼芝　一個也要説。今次向一個説，下次向另一個説，哪怕説千次萬次我也要説！（向學生戊，正要耐性地細説⋯⋯）

焦立江　（為了向妻子表示支持，便接過來向戊說）凌遲是殺千
　　　　刀的意思，是最殘忍最血腥的刑罰，劊子手向犯人一刀
　　　　一刀的割下他的皮和肉，一直至第一千刀，才可以結束
　　　　犯人的性命，不然的話，這個劊子手也要受罰。

【燈光逐漸聚焦在佘幼芝的身上，學生戊離開燈區，連同再上場
的學生甲、乙、丙、丁、申、己和庚，變回明末刑場上的暴民，
重複上半場末段爭啖袁肉的動作。】

佘幼芝　（仍站原處向着那看不見的學生對象說故事。焦立江在
　　　　旁扶持着她）劊子手每割下袁將軍的一塊肉，老百姓便
　　　　爭相用錢來買，然後連生吞下，甚至腸臟也搶着要，
　　　　搶得一節的，便和燒酒吃下，齒頰間流着血，還大聲唾
　　　　罵「賣國賊！賣國賊！」……肉吃光了，便用刀斧把骨
　　　　頭敲碎，直至骨和肉都沒有一塊完整的了，只剩下一
　　　　個頭顱，高高懸掛在旗桿之上。這便叫做梟首示眾了。
　　　　（激動）

【那個圓球又再緩緩地升起。】

118

【暴民散去了，佘幼芝仍然述說着她的故事。】

佘幼芝　（平復過來）我們佘家的先祖是袁將軍手下一個謀士，
　　　　他的名字沒有傳下來，大家只稱他為佘義士，但是他的
　　　　事蹟和他留給我們佘家的祖訓，卻一直傳到今天，我已
　　　　是第十七代了。

【背景音樂奏出「心苦後人知」的二胡主題隨想曲。】

【守衛數人出，在旗桿下來回看守。四周蟲鳴。守衛倦睏，倚背
而睡。佘義士穿着黑衣，一旁閃出，攀上旗桿取下圓球，然後非
常小心地放好在台前，拿出白布給圓球抹淨。】

【佘義士示意家人出，家人一見圓球，隨即跪下，忍噤着悲慟之情，二話不說，在佘義士的帶領下，深深地叩了三次頭。】

【佘幼芝在她的舞台位置上也同步地下跪叩頭。焦立江也跟着做。】

【佘義士燃點燭光，向家人提問。】

佘義士　今日的事，是滅門的罪，若果事情敗露，你們會後悔嗎？

【家人搖頭。】

佘義士　好！從今天起，我們佘家隱姓埋名，永遠守護着袁督師的英靈。我死後，就把我葬在袁督師的旁邊。我佘家子孫，以後世世代代不回順德祖家，就留在北京，以督師墓旁為家，晨昏打掃，春秋祭祀，香火不絕，長伴忠魂！我佘家子孫，世代代不許做官，不為皇帝做事；但要讀書明理，發揚忠義，以告慰袁督師於泉下。你們做得到嗎？

【家人點頭。】

佘義士　我們的子孫做得到嗎？

【家人點頭。】

佘幼芝　（點頭）我做得到！

【焦立江望着妻子，敬重地也隨着微微點頭。】

佘義士　好！

【背景音樂奏出「心苦後人知」的二胡主題隨想曲，佘幼芝在台上和應地唸出她的心聲……】

佘幼芝　十年浩劫掘忠魂，盼黨重接墓裏人。
　　　　元素捨生保北京，英雄事蹟傳美名。
　　　　獨守靈園思哀情，代代香傳元素情。
　　　　苦守靈園三百載，誰知我氏心中情？

第六場
離了算了 (1988)

時：1988 年初冬

地：佘家與鄰居（昔日袁祠）

人：校長、謝主任、溫主任、鄰居 A 宅二人（夫、婦）、B 宅三
人（女、姥、姑）、C 宅一人（男）、佘幼芝（50 歲）、焦立
江（50 歲）、焦平（14 歲）、焦穎（22 歲）

【1988 年冬。原是祠堂一角的佘家斗室，只十來平方米，佘幼
芝、焦立江和他們的一對兒女焦平、焦穎蝸居在此。佘、焦的睡
床就在廳裏，裏面有一張破破爛爛的木枱，是飯枱也是書枱，周
圍有三數張高矮式樣不同的木櫈，床的一邊緊貼木枱而成為長板
櫈，另一邊靠牆。牆上掛有「心苦後人知」的詩句、四子上書和
毛主席批文的放大本、一幅佘幼芝僅存的家庭相片。牆邊有一個
雜物櫃，櫃內滿是文件和卷宗之類，櫃上放有一台收音機。左面
是入門，正面是僅有的一扇窗，都用報紙糊得滿滿的。內進是小
室，一邊是姊弟的睡處，一邊是廚房，都同在一室之內。】

【A、B、C 三戶是佘家一板之隔的鄰居。A 宅有夫婦二人〔下
稱「夫」和「婦」〕，夫在看電視，婦在晾衫、收衫和摺衫。B 宅
有女人三人〔下稱「女」、「姥」和「姑」〕，在包餃子。C 宅有男一

【人，〔下稱「男」〕在牆上嵌釘掛物。D宅室內無人，靠床的牆上嵌有袁崇煥遺墨「聽雨」的橫匾。】

【佘家內，焦立江在批改學生作業。佘幼芝在整理上告材料。】

【毗鄰是第五十九中學校園的一角。校長和溫、謝兩位主任在校園的籃球場上，三人在查勘着圍着鐵欄和矮牆的袁崇煥墓，這裏度度，那邊量量……】

校長　　溫主任、謝主任，你們提提意見，看看有甚麼辦法……我們學校總得要發展啊！

溫主任　我們多叫學生在那邊打球……對，推鉛球！鉛球最重，破壞力最強，推爛了，也不能怪誰，學生準要鍛煉鍛煉嘛！

校長　　就把那裏闢為鉛球練習場吧。

謝主任　那姓佘的，每天準來澆水淋花兩次，浪費我們不少用水。

校長　　都是用我們學校的水？

122

謝主任　是啊。

校長　　那易辦。明天開始，和他們算水費。

溫主任　校長，你這辦法管用！那姓佘的是當店員，她的老公是小學教員，兩人入息都不多，還有兩個小的，這筆水費總夠嚇怕他們！

校長　　墓的問題解決了，那麼，祠堂方面呢？

謝主任　那姓佘的，總是賴着不走，真沒她辦法！祠堂裏其餘十七戶都是交租給我們的，那易辦……

校長　　不能向她的老公打主意嗎？

謝主任　那姓焦的，口氣也挺硬的，不容易向錢低頭⋯⋯

溫主任　這樣吧，把我們食堂的排煙口對準他們唯一的窗，天天如是，晚晚如是，我們總要炊飯啊！炊飯總得會噴煙啊！噴煙總得要有個排放口啊！看他能捱多久？

謝主任　那女的難說，那男的是我們的同行，教小學的，每晚都要在家裏備課、批改作業，看來準受不了。

溫主任　好啊！校長，到時夫妻二人鬧意見，這叫做人民內部矛盾⋯⋯

校長　　就這樣吧！

【佘家，窗外學校的食堂排煙口把黑煙滾滾吹來，窗雖緊閉，黑煙仍從窗縫中漏進，通室混濁不已，還有那隆隆的排煙機器聲。】

【隔壁傳來 C 宅釘孔的聲音，A 宅傳來電視的聲音，C 宅三個女人在說短話長。】

【B 宅】

女　　　人家都是為活人活的，她卻是為死人活，死人能給她彩電嗎？（女、姥、姑三人齊笑）

【佘家】

佘幼芝　老焦，修葺那個葺字怎寫？

【焦咳嗽，寫了「葺」字。】

【A 宅，婦在晾衫。】

婦　　　（責夫）你真是沒鬼用！我兩個妹夫都獲單位分配了房子，家裏有彩電。三姊妹中最丟架的便是我了，跟着你這個窩囊廢，住在這樣的爛竇口！

夫　　　（看電視，愛理不理的）租金便宜便算了。

婦　　　你算我不算！靠着文革時霸佔人家的祠堂，我也不好意思跟別人說，羞家！

夫　　　既知是羞家便不好大聲說吧。

婦　　　怕甚麼？這裏東花市斜街五十二號的十七戶，有哪一戶不是霸來的？這裏的人有甚麼馨香？

【夫不理，調高電視機的音量。】

【佘家】

佘幼芝　老焦，你說我們該先去全國政協碰碰？還是先往文化部走走？

焦立江　（批改作業，煩躁）都一樣吧。

佘幼芝　不一樣的，我們爭取修復墓園、修葺碑石，一定要找對門路。（思量）

焦立江　（不忍也不耐，一口氣地）全國政協的人有名望但無實權，文化部的人最有直接關係但錢不多，說清楚了。

佘幼芝　看來還是跑一趟中宣部，老焦，你說行嗎？

焦立江　這是你佘家的事，你自己決定吧！

佘幼芝　這是佘家的事，也是咱們中華民族的事！

焦立江　對不起了，我是教數學的，我的志願是為國家的四個現代化培養科學人才。袁將軍的事你請教歷史教授吧！

【Ｃ宅】

【男在牆上嵌釘，欲掛物在上，失手跌物，發出聲音。】

【Ｂ宅】

女　　聽說人家文物局本來要僱人來替他們掃墓，給那個女的推了。好了，人不要吧，給她工錢，她也不要！腿已經不好，走路一拐一拐的，還要四出走動，甚麼區政府、文物局、市政府、市政協……全都跑過。為一個死人這樣辛苦，真是大傻瓜！

姥　　我看一點也不傻！她這樣四處活動，跑這跑那，跑出個名堂哩！這些日子來，有些人慕名來看看這個遭文革破壞的甚麼文物，聽說還有人捐款哩！她這一招名利雙收，真厲害！

姑　　有一回，她本來得單位批准，掛了病號，住院治療她的甚麼髖骨關節炎。誰知她偷偷的溜出來，和她的愛人逛王府井的高檔百貨公司，給人看到了，向單位作了報告，結果醫院取消了她的病號，把她攆了出來！哈哈！

【Ｃ宅】

【男又失手碰跌一物，發出巨響。】

【佘家】

【焦立江、佘幼芝都聽到了姑的說話，焦立江忍不住……】

焦立江　我要過去跟她理論，我們那趟是往市政府上告去，市政府就在王府井處，難道她不知道嗎？你只不過是餓極不能走了，我給你買來一片麵包，就坐在百貨公司門口的梯級來啃，這便叫逛公司嗎？（正要行動……）

佘幼芝　不要惹這些人了。父親常對我說：靜坐常思己過，閒談莫說人非。

焦立江　現在是人家亂說我們的是非！

佘幼芝　袁將軍不是受到更多的中傷嗎？他更因為奸人的誣告而慘死啊！我不怕別人的是非非，我只問：我做的事是否應該做？父親說：做人要像彈簧一樣，你給我的壓力愈大，我的表現便愈強！

焦立江　大姐啊！如果你是一個甚麼的歷史偉人，你這樣堅強，我很佩服。但你是我的妻子啊！你這樣的態度，我不能認同！我們要生活，要工作，我要當一個優秀教師，但這裏的環境，實在熬不下去了！以前穎兒和平兒兩姊弟要睡在一起，現在他們大了，我跟平兒睡這裏，你跟穎兒睡裏頭，這樣夫婦不成夫婦啊！我多次勸你搬，你都不肯。人家五十九中食堂的排煙口對準我們的窗，用意是甚麼最清楚不過了，為甚麼硬要和人家鬥？為甚麼不離開這塊是非之地？為甚麼不可以住得舒服一點？以前沒條件，沒話說，但現在學校體諒我每早要騎一小時多的單車回校上課，分配了住房給我了，為甚麼還不肯搬啊？

佘幼芝　老焦，我不是要和別人鬥，我只是堅持。

焦立江　這裏原本就不是人住的地方。這裏原本是你們佘家養羊的羊圈啊！屋頂漏水，地下凹陷了下去，又濕又爛，你還記得嗎？有一回下了一場大雨，我們從外邊回來，給嚇得哭也不是，笑也不是 —— 地下竟然長滿了蘑菇！結果我要和平兒合手合腳用英泥把地板填平。地算是填平了，但……

佘幼芝　辛苦你了，也委屈了你，很對不起，但我不能離開這裏。（停了半响）我要到外面的廁所去。（穿上厚衣）

焦立江　這麼晚了……我陪你出去吧。

佘幼芝　不用了，你繼續你的批改吧。

焦立江　那麼記得帶上手電。小心啊！

【佘幼芝下。】

【焦立江試圖專心批改，但 A 宅夫婦的吵嘴和電視的噪音，B 宅三個女人一個墟的八卦談，和 C 宅男人翻箱倒架的雜聲，還得加上排煙機的響聲，混成不可耐的交響噪音。焦立江怎樣也不能集中工作，他受不了房間內的混濁，連聲咳嗽，打開大門欲透進一些空氣，卻又受不住吹進來的寒風和更吵耳的噪音，唯有忙關上門，回坐試圖再工作。】

【一會，佘幼芝入。】

焦立江　（發脾氣，摔書簿在枱上）你叫我怎能集中精神工作？

佘幼芝　（平靜地）算了，咱們離婚吧！

焦立江　甚麼？離婚？你説真的？

【22 歲的焦穎和 14 歲的弟弟焦平躲在內房的門邊，欲探知父母的爭執。】

佘幼芝　説真的。（打開抽屜，取出一張紙）這是分家單，我早陣子已擬好的，裏面列清我們的家當怎樣劃分，你看看吧，看看有沒有問題。

焦立江　大姐，你瘋了嗎？

佘幼芝　我是死守袁將軍的墓不走的了。我還要奔走，北京哪個部門有點關連的，我都要遞材料去，我決定了，不能爭取修復袁墓，我誓不剪髮！別人以為我瘋了，不打緊，但如果你也説我是瘋的話，原諒我，請帶同孩子們搬走，這裏不是一個安樂的家。去吧，我是義無反顧的！

焦立江　大姐，我和你的婚姻也是義無反顧的！文革我們也都捱過了，為甚麼這個家會現在倒下來？

佘幼芝　老焦，你可以不認同，但我真的希望你能明白我！你明白嗎？我們佘家的先祖在三百六十六年前冒着滅門之罪也要把袁將軍的頭顱盜下來殮葬，為的是不忍忠義給遺忘了。我們先祖傳下來的家訓，三百幾年來從未間斷過，北京城經歷了多少變亂？多少滄桑？火燒圓明園、八國聯軍、辛亥革命、軍閥互鬥、抗日戰爭、解放戰爭……數也數不了那麼多，北京城的城牆早倒了，但是我們佘家還是守護着袁將軍的墓。十七代了，之前沒有一代 —— 是沒有一代 —— 遺忘了先祖的遺訓，到現在我又怎能丟失呢？我的父親在我九歲的時候便死了，但他給我講袁將軍的故事，我全都沒忘記。之後伯父每天傍晚都帶我到袁將軍的墓前鞠躬，然後一起掃樹葉，

這已經成為我佘幼芝生命的一部分了。立江，你明白我嗎？如果你還不明白，算了吧，（指着牆上的詩句）袁將軍說得真好：心苦後人知！

焦立江　　大姐……

【內房門邊焦穎推着弟弟焦平出來……】

焦穎　　爸爸、媽，弟弟有些東西要給你們看！

焦平　　這幾天我看見五十九中的學生們在袁將軍的墓前練習推鉛球，那裏的碑石本來已經塌倒了，現在再經那一個又一個重甸甸的鉛球壓過，更加殘破不堪。我的心裏很不舒服，我便寫了這一首詩，給你們看看……

焦立江　　（讀焦平的詩）「獨守義園思元素，勇鎮寧錦懾賊膽；大破後金敵百萬，生前功名身後傳。」……（感慨）袁崇煥啊，袁崇煥啊！究竟你是個怎樣的人啊？他母子倆竟然這般為你着迷？

【背景音樂奏出「心苦後人知」的二胡主題隨想曲。】

【播放有線電視專輯片段[2]，或以幻燈片投射內地與香港報刊有關佘幼芝守墓的報導。】

2　編劇按：2001年3月8日，香港有線電視新聞一台播出「佘家守墓」的新聞專輯。

第十八代（1988）

時：1988年隆冬

地：佘家

人：佘幼芝（50歲）、焦立江（50歲）、焦平（14歲）、焦穎
　　（22歲）

【舞台上重現上半場焦立江在斗室昏燈下看書的情形。北京隆冬
的午後，天色已漸黯，焦立江從書堆中找來幾本袁崇煥的書，認
真的看起來⋯⋯】

焦立江　（喃喃自語）「欲知肺腑同生死，何用安危問去留。」
　　　　⋯⋯「但留清白在，粉骨亦何辭！」⋯⋯「通敵謀逆，
　　　　磔刑處死！」太冤了！太慘了！（感動得潸然淚下）

【焦平背着書包，焦穎帶着小袋，拍拍身上的薄雪，從外面入。】

平、穎　爸！

焦立江　這麼巧！你兩姊弟一起回來！快，喝杯熱茶暖和暖和。
　　　　（斟茶，焦穎忙接過）

焦穎	平弟早回來了，不過他先繞過墓那邊去，他要看看今天還有沒有學生在那邊推鉛球。我是在門口碰着他的。媽呢？
焦立江	你媽在裏面洗菜。
焦穎	（向內喊）媽，這麼冷，不好洗了，讓我來罷！（邊說邊捲起衣袖內進，才走了兩步，急轉個頭來向焦立江）爸，自從那天平弟發覺他們在墓旁推鉛球後，他每天放學後都要先拐過那邊，察看一回才回家哩！（入內）
焦立江	平兒你……（感動）
焦平	爸，你眼紅紅的，甚麼事？
焦立江	沒事。
焦平	（翻起桌上的書，喜）爸，你在看袁將軍的書？
焦立江	隨便看看罷！
焦平	是否也被感動得流下淚來？
焦立江	哪裏是？不過有沙入眼罷！……（逃避）是啊，那天你寫的那首詩，有些不通順啊！（忙找焦平詩，找到了，唸）「獨守義園思元素，勇鎮寧錦懾賊膽；大破後金敵百萬，生前功名身後傳。」平仄好像不對……不過這方面不是我的專業，你請教你的中文老師吧！韻腳也像不太順口……（這時佘幼芝從內出，留意着）對，還有……「獨守義園思元素」，你應該寫「獨守義園思崇煥」，你寫元素沒多少人曉得是袁崇煥的別字……

焦平　　　我這首詩不是寫給人看的，我只是心裏有點感受，便寫出來……

余幼芝　　（忍不住）老焦，難得平兒有這般心思，你不要挑剔他了。

焦立江　　説到袁崇煥，你兩母子總是同一陣線！

余幼芝　　平兒，穎兒剛告訴我了，原來你這陣子都是先拐過墓那邊察看一番才回來，怪不得你近日老是遲了回家，我本來還想責問你哩！好了，你能有這番心事，媽很高興。來，今晚想吃甚麼？待媽弄給你吃！

焦平　　　我想吃媽煮的炸醬麵！

余幼芝　　好！……噢，那我要多買些肉和麻醬回來。

焦平　　　媽，那不用了。

焦立江　　不要買了，天氣那麼冷！

焦穎　　　（從內喊出來）媽，我去買罷！

余幼芝　　（向內説）你剛回來，不好再出去了。（邊説已拿起外衣，焦立江、焦平勸阻不住）一會兒便回來。（出）

焦立江　　很少見到你媽這麼高興。

焦平　　　（望着母的背影）爸，媽看來老了。

焦立江　　整天為修復你們袁將軍墓的事東跑西撲，不老才怪呢！

焦平　　　伯父一家又一直沒有消息……

焦立江　為甚麼突然提起你伯父來？

焦平　　伯父是否有一個兒子？

焦立江　（摸不着頭腦）你問這些作啥？

焦平　　爸……（欲語還休）

焦立江　你想説啥？

焦穎　　（從廚房走出來）平弟，説吧！

焦平　　爸，我想……

焦立江　你想甚麼？

焦穎　　平弟想跟媽姓，改姓佘，做佘家第十八代的守墓人！

焦立江　甚麼？

焦穎　　弟弟的意思是，媽將來老了，佘家便沒有後人去延續守
　　　　墓的事了。

焦立江　那麼佘寶林呢？你媽的堂兄啊！還有她的侄兒呢？

焦平　　但哪裏找他們呢？況且，媽説，文革的時候，他們就是
　　　　不想守墓才離開的……

焦立江　那麼把守墓的事交給國家吧！

焦平　　但國家有興趣嗎？若是的話，為甚麼不把袁將軍的墓和
　　　　祠堂修復過來？

焦穎　　弟弟的意思是，如果佘家找不出第十八代的人，那麼佘
　　　　家三百多年來守墓的傳統便不能延續了。

焦立江 （向焦平）焦平，來，你坐下。（焦平坐）焦平，你改姓
佘，豈不是焦平變了佘平？不，不！焦平變了佘平，那
麼佘家便有了後人。那麼我們焦家呢？

焦平 佘家歷代守墓不是為了佘家，是為了延續袁將軍的精神
……

焦立江 袁將軍的精神？（拿起桌上的書，想起剛才的感動；再
看着焦平……）你不跟我姓，我豈不是沒了我的兒子？

焦平 爸，我還是你的兒子，現在是，將來是，永遠都是！這
是改姓改不了的！

焦穎 爸，或許我將來嫁了人，生了孩子，我的孩子又嚷着要
跟我姓，那麼你不又是多得回一個孫子？沒吃虧啊！

焦立江 穎，虧你這也想得到！……啊，啊！原來你兩姊弟早已
約定來游説我的……（帶點笑意）那麼你們兩人，連着
你媽，三對一！為甚麼在袁崇煥的事上，我總是家裏最
落後的一員？（再拿起袁崇煥的書）

焦穎 （笑）那便要急起直追了！

【門外有聲，佘幼芝回來。】

焦立江 （拉着焦平、焦穎輕聲耳語）你媽知道了嗎？（二人搖
頭）暫不要向她説。我還要再想清楚。平，你也要想清
楚啊，看來以後我們三人還要多開政治局會議哩！

【三人同現會心的微笑。】

外電傳真（1991）

【字幕投射】

"For 17 generations the Shir family has handed down an unusual legacy: the mission of guarding the grave of a 17th century military hero.

The grave belongs to Yuan Chonghuan, a general who defended Beijing from enemy attack in 1630. The ungrateful emperor mistakenly sentenced him to be dismembered alive for suspected treachery.

One of Yuan's soldiers, Shir Yishi, rescued the general's head from the pole where it was displayed and buried it in the courtyard of his home.

From then onwards, the Shir family kept its home as a shrine to Yuan. Each generation, when dying, told the next generation, 'Bury me next to Yuan Chonghuan.' The Shirs have been passing on the concept of preserving and guarding the grave of the hero for 361 years.

The current heir, Shir Youzhi, is now struggling for the renovation of the tomb, which was ransacked by the radical youths during the Cultural Revolution.

The history of the United States of America is only two hundred and fifteen years, shorter than the legacy of the Shirs' family in the guarding of a hero's grave. Isn't the legacy a miracle?"

Kathy Wilhelm,
Associated Press writer,
reporting from Beijing, 1991.

畫外音 （內容與英文字幕同步）「十七個世代以來，佘家延續着一個不平凡的故事。這是一個守護着一位十七世紀英雄墳墓的故事。埋葬在墳墓裏的是袁崇煥，他是 1630 年保衛北京、抵抗侵略的將軍，卻被忘恩負義的皇帝以涉嫌叛國的罪名凌遲處死。袁將軍的一個部下把那掛在木杆頂上示眾的頭顱偷取下來，然後埋葬在他家裏的後園。從那個時候開始，佘家就以他們的家園奉祀袁將軍。每一代的先祖，在臨終時，都會這樣囑附他的後代子孫：『把我葬在袁崇煥的旁邊。』佘家就是這樣守護着英雄的墳墓，至今已經三百六十一年了。文化大革命的時候，一群激進的年輕人把墳砸毀了。今天，守墓的繼承人佘幼芝，正在爭取重新修復墓園。美國的歷史只有二百一十五年，比佘家守墓的日子還要短。這樣的一個傳奇故事，豈不是奇蹟嗎？」

一九九一年，美聯社記者嘉芙蕙姆北京報導。

【錄像／幻燈投射。】

136

【播放電視專輯片段 [3]，或以幻燈片投射內地與香港報刊媒體有關佘幼芝守墓的報導。】

---

3 當年內地與香港電視台有關佘家守墓故事的一些製作專輯：

(一) 2001 年 3 月 8 日，香港有線電視新聞一台播出「佘家守墓」的新聞專輯。

(二) 2001 年 9 月 18 日，香港電台製作《信是有情》之「連鎖的承諾」專輯，介紹佘幼芝、焦立江守墓的事和影響，於香港無綫電視翡翠台播出。

(三) 2004 年 4 月 6、7、8、9 日，中央電視台國際頻道《社會記錄》一連四集首播「佘家故事」。

(四) 其他。

第九場
駄車上路 (2000)

時：2000 年
地：北京街上
人：佘幼芝（62 歲）、焦立江（62 歲）

【2000 年春，北京一條清靜的胡同，焦立江手推着單車，佘幼芝
坐在單車尾。】

焦立江　大姐，餓了吧？來，就在前面四合院前的石階坐下，吃
　　　　　片麵包。

【佘幼芝點頭，焦立江扶她下車，放好單車，坐在石階上。】

佘幼芝　（吃麵包）還記得……（想着）十四年前我們在王府井百
　　　　　貨公司前吃麵包的故事嗎？

焦立江　記得！唉！在咱們中國的首都，吃片麵包竟也引起如此
　　　　　是非！

佘幼芝　現在呢？還怕不怕別人誤會我們？

焦立江　不怕。現在我退了休，可以全力支持你。我們的任務很
　　　　　艱巨，但是我的內心很輕省，很舒服。

佘幼芝　廿多年了，由當初爭取修墓到現在爭取原地重建紀念袁將軍的祠堂，我們不斷地奔走，你看我們成功的機會有多少？

焦立江　今天的形勢好多了，經過報紙、雜誌、電台和電視的廣泛報導，關注復祠的人愈來愈多，關鍵是要遷走那十七戶的費用問題。

佘幼芝　老焦，我希望你能明白，我是不想這樣張揚的。我們佘家三百多年來都是默默地為袁將軍守墓，為的就是那點心意。若不是文革浩劫，砸毀了墓祠，我又怎會到處奔走，向各界呼求援助呢？香港有一位朋友說要為佘家守袁墓的事寫劇本，我已請求他寫袁將軍的好了，我們佘家的事，不用提了。

【焦點頭。】

佘幼芝　還有一個秘密，我從來沒向你說。

焦立江　那是甚麼？

佘幼芝　那是命運對佘家的詛咒。

焦立江　詛咒？

佘幼芝　我們佘家，從第一代佘義士開始，我們代代單傳，子孫從沒有活過七十歲的，都是患腦溢血死的。

焦立江　真的？

佘幼芝　我家本來九個兄弟姊妹，如今只剩下我一個，其他的早死掉了，而且更是同一天內死了兩姊妹。

焦立江　代代單傳？這樣巧合的可能性系數是非常非常之低，這意味着甚麼玄機？我這個教數學的，真是數不清了。

佘幼芝　我也不明白，但事實如此。我關心的是：我的堂兄和堂侄，文革的時候給嚇走了，直至九五年袁氏宗親祭祖的那一天，他倆人失蹤了卅多年後突然出現，但看來對守墓的事不大感興趣，之後又沒有他們的消息了。我早就患了髖骨關節炎，現在六十二歲了，更覺健康大不如前，我怕我餘下的時間無多，所以才急着在我有生之年把袁祠修復。只爭朝夕啊！

【沉默片刻。】

焦立江　大姐，如果修復袁祠是兩年的事，我便陪你兩年，爭取到底。是五年，我便陪你五年；即使是十年、廿年，那我便多陪你十年、廿年。幼芝，我總支持你。

佘幼芝　最好明天便把事情解決。那麼我能活多久，已不是問題了。（頓）但，若果問題解決不了……

焦立江　那就交給我們的兒子去辦好了。

佘幼芝　平兒很有心，願意當佘家守墓的第十八代，更難得的是你願意。畢竟他是你們焦家的人哩！

焦立江　大姐，還用算着甚麼你們我們？問題是，光是他願意我願意也不行，我們還要考驗他，看看他是否動機純正。若果發現原來是為名為利的，我也絕對反對他做你們佘家的第十八代。

佘幼芝 對啊，那次他在袁氏宗親來祭祖的時候提出改姓佘的意願時，我也給嚇了一跳。都五年了，這五年裏，他有他的工作，也有他的朋友，不知他現在心裏怎樣劃算？

焦立江 我也有一個秘密要向你說！

佘幼芝 你也有秘密？

焦立江 當然！平兒改姓的意思，你是在五年前袁氏宗親祭祖那天才知道。但其實平兒早在他十四歲的時候，已經向我提出了！

佘幼芝 十四歲那麼早？

焦立江 就是在你向我（尷尬）說要離婚那次後不久……，穎兒也知道的。之後我們三人這些年來不知開了多少次政治局會議，最後的議決是：一致通過！

佘幼芝 為甚麼你們開政治局會議也不預我一份？

焦立江 政治局很多爭拗的！我們先達至共識，然後再提交人大常委議決。你是人大常委，準會通過的！

佘幼芝 老焦，你真鬼馬！（笑）

焦立江 （笑）走吧！是時候和東莞籍的學生開會了。但願他們當中能出幾位像他們同鄉袁將軍般的人才啊！

佘幼芝 更要有袁將軍的品德和苦心！今天的年青人，總愛挑肥揀瘦的，怕吃苦，怕吃虧，都看眼前的利益！

【焦立江扶起妻子，拖着她走，走了幾步，正要跨腿上車，忽然想到……】

焦立江　怕吃虧，看利益……大姐！命運對佘家不是詛咒，是眷顧！試想想，若非佘家代代單傳，眾多的子孫豈不你推我讓？或為名利而你爭我奪？或是對守墓的事別有歪心？佘家守墓又怎能奇蹟地延續了三百七十年？

【佘似有所悟。】

【二人馱車而下。】

142

尾聲
最新消息(2002)

【字幕】

最新消息：

2001 年北京市政府公佈了本年內擬辦的 60 件重要實事，其中第 57 件是：「加強重點文物的整治和修繕。」其中包括：「**袁崇煥祠搬遷居民並維修等。**」

市政府的原則是：「年中檢查，年底兌現，接受監督。」

2001 年過去了，「**袁崇煥祠搬遷居民並維修等**」這件實事沒有任何動靜。

2002 年 1 月，佘幼芝去電市政府，查詢實事為甚麼還未落實？市政府致歉，並回答說：「馬上進行！」

到今天為止，佘幼芝依然住在殘破不堪的斗室裏，依然為修復袁祠的事與焦立江馱車上路。

【全劇完。】

（編劇後記：《袁崇煥之死》重演後，佘家守墓的故事續有發展，請參閱後頁「佘家守袁墓大事年表」的補記。）

袁崇煥生平簡表

明神宗萬曆 12 年	1584	生於廣東東莞縣石碣鎮水南村。
萬曆 46 年	1618	（滿族努爾哈赤以「七大恨」告天，起兵叛明，國號後金。）
萬曆 47 年	1619	35 歲，中進士第三十名，編入翰林為官。
熹宗天啟元年	1621	37 歲，任福建邵武縣令，官正七品。
天啟 2 年正月	1622	38 歲，任兵部職方主事，官正六品。 單騎出山海關，觀察關外形勢。 任按察司僉事，山海關監軍，官從五品。
天啟 4 年	1624	40 歲，築城寧遠，購置葡萄牙大炮。
天啟 6 年	1626	42 歲，以大炮轟退努爾哈赤，受封遼東巡撫，官正三品。 （努爾哈赤卒，皇太極繼位後金大汗，再攻寧遠、錦州。）
天啟 7 年	1627	43 歲，率部將再敗皇太極，時稱「寧錦大捷」。 受魏忠賢彈劾，罷官，回鄉養病。 （同年八月，熹宗駕崩，崇禎帝隨即登位。）
思宗崇禎元年	1628	（崇禎帝召回袁崇煥，平台召見。） 44 歲，向崇禎帝獻五年平遼之策，被委以兵馬、用人、錢糧、器械全權。授兵部尚書、督師薊遼，賜尚方寶劍，官正二品。
崇禎 2 年	1629	（皇太極繞道內蒙，進襲北京。） 45 歲，寧遠發兵，馳援入京，敗皇太極於廣渠門外。
崇禎 3 年	1630	以擅主和議，通敵謀逆罪，8 月 16 日，被磔於市，卒年46 歲。

初稿：2001 年 3 月

增訂：2023 年 3 月

佘家守袁墓大事年表

明崇禎 3 年	1630	袁崇煥受處磔刑，其部下佘義士盜屍，葬袁崇煥頭顱於北京城廣渠門佘家館側廣東義園舊址內，終身守墓不離，囑訓子孫世代守護袁墓，死後葬於袁墓旁。
明崇禎 17 年	1644	崇禎帝煤山自縊，明亡。佘家後人遵從祖訓，在北京城廣渠門原葬地守護袁墓。
清順治元年		滿清入關，統治中國。佘家後人繼續守護袁墓。
清乾隆 47 年	1782	乾隆為袁崇煥平反，下詔「賜諡蔭嗣，彰闡忠魂」。
清道光 11 年	1831	袁崇煥同鄉吳榮光豎碑於墓前，碑題「有明袁大將軍墓」。
清同治 7 年	1868	旅京粵人集資修葺袁墓。
清末至民國		佘淇、佘恩兆、佘顯增祖孫三代先後守墓，是佘家守袁墓的第十四、十五及十六代。
民國 3 年	1914	東莞張伯禎、南海康有為等廣東名人集資建袁督師廟，並重修袁墓，分祠堂、墓冢及墓碑三部分。
民國 28 年	1939	佘幼芝（佘顯增女兒）出生。
民國 37 年	1948	佘顯增逝世，兄佘翰卿（佘幼芝伯父）繼續守墓。
中華人民共和國	1952	北京市政府議遷袁墓於城外，四名士葉恭綽、柳亞子、李濟深、章士釗聯名上書毛澤東請求保護袁墓。兩天後（5 月 16 日），毛主席親筆覆函，批准保留袁墓，並撥款崇飾。
	1954	北京市政府徵用袁墓所在廣東義園土地，興建第五十九中學。廣東會館力保袁墓，墓祠未遷，仍立於學校籃球場側。佘翰卿一家搬到外院的房子，繼續守墓。

中華人民共和國	1959	佘翰卿逝世，兒子佘寶林（佘幼芝堂兄）繼續守墓，為佘家守墓的第十七代。	
	1965	佘幼芝與焦立江結婚，仍居於袁祠外院的小房子。	
	1966	文化大革命爆發，紅衛兵毀碑、砸墳、拆祠，隨後居民佔住祠堂，分隔為十多戶的大雜院。	
	1970	佘寶林與妻兒不辭而別。堂妹佘幼芝留守護墳。佘家館改名為東花市斜街。	
	1976	文革結束，佘幼芝開始為修墓復祠事四出奔走。	
	1983	第五十九中學將袁祠西院改建為食堂、浴室，排煙口對準佘家。部分墓地改建成校辦工廠。	
	1984	北京市政府公佈袁祠、墓和廟為北京市文物保護單位。	
	1991	北京市政府秘書長朱祖樸提出「尊重歷史，照顧現實，互相協作」十二字作為處理修復袁墓袁祠的工作方針。	
		同年香港中文大學歷史學系舉辦「明末清初華南地區歷史人物功業研討會」，邀請佘幼芝來港報告，佘幼芝未克前來，文章在研討會上由葉漢明教授代為宣讀。	
		同年美聯社記者 Kathy Wilhelm 發告電文，介紹佘家守墓事蹟。	
	1992	袁墓重新修復，但袁祠問題並未解決。	
	1995	香港袁氏宗親會組團赴京拜祭袁崇煥墓。	
	2001	年初，北京市政府把搬遷袁崇煥祠居民並維修列為該年內市政府擬辦的 60 件「重要實事」中的第 57 件。	
		3 月 8 日，香港有線電視新聞一台播出「佘家守墓」的新聞專輯。	
		3 月 9、10、11 日，佘幼芝與夫焦立江應邀來港作為《袁崇煥之死》首演嘉賓，參與演後座談。	
		9 月 18 日，香港無綫電視翡翠台播出香港電台製作《信是有情》之「連鎖的承諾」專輯，介紹佘幼芝、焦立江守墓的事，和對港人的影響。	

中華人民共和國	2002	3月28、29、30、31日，佘幼芝與夫焦立江及子焦平應邀再度來港作為《袁崇煥之死》重演嘉賓及參與演後座談。
		5月，佘幼芝搬離東花市斜街佘家館原住處。
		北京市當局着手遷拆原袁崇煥祠內佔住民居及第五十九中學，東花市斜街全面重建，建成「本家潤園」小區，袁崇煥祠墓原址保留在小區C區內。
	2003	袁崇煥故鄉東莞石碣鎮修建袁崇煥紀念園，邀請佘幼芝與夫焦立江為袁崇煥守衣冠塚，佘幼芝以祖訓明令後代不得離開北京回廣東老家居住而婉拒，兒子焦平表示願意前往工作。
		6月24日，焦平在吉林因車禍離世，終年28歲。
		7月4日，焦平骨灰被安放在東莞袁崇煥紀念園內，袁崇煥衣冠塚旁立了焦平雕像。佘幼芝給兒子改名「佘焦平」，讓他作為佘家後人繼續守墓下去。
	2006	6月，北京市文物局完成袁祠原地重建，面積、規模雖未能完全回復原貌，仍保留一些原來格局。國務院公告為全國重點文物保護單位，並由文物局接手管理，內闢佘幼芝辦公室，另於城內分配住房予佘氏遷出居住，佘家共十七代歷376年守護袁墓故事正式結束。佘幼芝選擇另居於城外豐台區，仍不時與焦立江及女兒焦穎回故園掃祭。
	2016	4月1日，焦立江病逝。
	2020	8月12日，佘幼芝病逝，享年81歲。

初稿：2001年3月
增訂：2023年3月

演出資料

首演

日期及場次： 2001 年 3 月 9 及 10 日 8:00pm

2001 年 3 月 11 日 3:00pm

地點： 西灣河文娛中心劇院

主辦： 康樂及文化事務署

製作： 致群劇社

主要編創、製作人員：

編劇： 白耀燦

導演： 陳恆輝

副導演： 余世騰

戲劇文學指導： 張秉權

監製： 余世騰、張華慶

製作經理： 鍾珍珍

戲曲音樂設計及演奏： 梁漢威

原創音樂： 馬永齡

音樂及音響設計： 馬永齡

舞台設計： 梁永森

化妝及服裝設計： 梁健棠

燈光設計： 麥志榮

舞台監督：	葉月容
執行舞台監督：	黃穎敏

主要演員／角色：

陳敏斌	飾演	佘義士
歐燕文	飾演	佘幼芝
馮祿德	飾演	焦立江
陳仕文	飾演	焦平
柯錦華	飾演	焦穎
新劍郎	飾演	崇禎帝

重演

日期及場次：	2002 年 3 月 28 至 30 日 8:00pm
	2002 年 3 月 29 至 31 日 2:45pm
地點：	香港藝術中心壽臣劇院
主辦及製作：	致群劇社

主要編創、製作人員：

編劇：	白耀燦
導演：	陳恆輝
副導演：	余世騰
戲劇文學指導：	張秉權
監製：	余世騰、張華慶

戲曲音樂設計及演奏： 梁漢威

原創音樂： 馬永齡

音樂及音響設計： 馬永齡

舞台設計： 梁永森

燈光設計： 麥志榮

服裝、化妝及形象設計： 梁健棠

舞台監督： 葉月容

執行舞台監督： 黃穎敏

主要演員 / 角色：

陳敏斌　飾演　佘義士

歐燕文　飾演　佘幼芝

馮祿德　飾演　焦立江

朱威廉　飾演　焦平

蔡潔鈴　飾演　焦穎

梁漢威　飾演　崇禎帝

劇評選輯

首演

「《袁崇煥之死》又是一個沉重的名字,然而綜觀全劇,反而是致群劇社近幾年來(包括九八年《早安,都市!》)較輕鬆而沒有太大野心的演出。

猶如彼得舒化的《莫札特之死》以莫札特對頭人薩里埃尼為主角一樣,《袁崇煥之死》的真正主角是『佘家義守袁墓三百年』的佘家。編劇白耀燦以其中國歷史教師的本能意識出發,對該個忠肝義膽、浩氣長存的佘家作出翻案,將明朝崇禎皇帝的昏庸與近代中國文化大革命的事件交織連結,把反覆無常的國家命運,對忠臣(袁崇煥)及百姓(佘家後人佘幼芝女士)的壓迫作出控訴。劇中紅衛兵對佘幼芝的侵害,以及明朝將領以流言毒害袁崇煥,都是編劇的着意對比,以兩次具代表性的歷史事件,簡潔地交代了中國的不濟命途。

然而,上文提及《袁》劇較致群劇社近幾年的演出輕鬆,並不是指《袁》劇減少了致群一貫的使命感,而是編劇並沒有刻意求功地藉佘家的際遇,一再控訴中國的無常國運,而是以佘家的忠義,言簡意賅地表達人性的「堅持」。因此,我並不懷疑《袁》劇沒有質疑守墓三百年的佘家,是否同樣背上傳統封建的愚忠所為,只因為全劇的最終目標(**Super Objective**),並不是解構中國

倫常道德問題，而是藉着一次真人真事式的事件重現，展示人性中有關『堅持』的共通精神。」

佛琳
〈觀劇日誌 ── 《袁崇煥之死》〉
網上評論，2001 年 3 月 11 日

「吸引我看這個戲的原因：一是致群（劇社），二是放於網上那篇關於佘幼芝女士的文章，尤以後者為甚。

佘氏一族的守墓行為，相信可以列入健力士世界紀錄大全。如何義無反顧的為一個無血緣的外姓人守墓三百七十多年，恰似神話般美麗而動人。

佈景給人辛酸和蒼涼的感覺，枯而不榮，但背後卻又有一道光彩。第一幕的處理非常有效果，佘家一代一代把守墓的義舉傳下去，而一代一代也絕不遲疑的欣然接受。他們懷着的是怎麼樣的心情？身處俗世中的我們似乎很難理解。之後，佘幼芝拿出一支較粗的蠟燭，把這個忠義之火接力燃下去，回看先輩，她無愧更無怨。」

〈從《袁崇煥之死》看佘氏一族的超人情操〉
網上評論，2001 年 3 月 12 日

「《袁崇煥之死》的編劇企圖提出兩個問題：何謂『忠』？又何謂『義』？袁崇煥鞠躬盡瘁，到頭來落得凌遲酷刑，到底其『忠』的根本是怎樣？佘家義守袁墓三百多年，佘幼芝歷盡艱辛，也要堅

持祖訓，到底其『義』又是源自甚麼？但劇中着墨顯然側重於佘幼芝的故事，她歷盡文革的洗禮、世人的白眼，甚至丈夫的不諒解，也不背棄祖訓、背棄袁將軍的英靈，這是否表明了中國人的『義』充滿悲劇性？值得深思。

編劇用了差不多一半時間來鋪陳出袁崇煥的歷史，藉此為佘家義舉建立原因，甚至連袁崇煥也從來沒有出場，這是將袁崇煥高高置在全劇一切之上，儼然上帝的位置，以展開佘家義舉的事跡，不過，故事的軸心仍以佘幼芝為主。這種安排顯見編劇野心非淺，以崇禎煤山自白與會群鬼的場面，探討袁崇煥之忠，到底是忠於崇禎？忠於國家社稷？忠於百姓？還是忠於自己？這是一個很大的課題，但本劇故事既以佘幼芝義舉為骨幹，探討袁崇煥便給輕輕帶過，結果只有隔靴騷癢之感。當然，這可能是編劇故意提出問題，留給觀眾思考空間。」

小蒼

〈觀《袁崇煥之死》有感〉

網上評論，2001 年 3 月 12 日

「《袁崇煥之死》中我最欣賞崇禎在煤山自縊前的演繹，新劍郎把崇禎對袁崇煥的『又愛又恨』的複雜心情發揮得淋漓盡致，這是舞台劇的優點，編劇靈活地運用『倒敘』手法，透過幾個袁下屬鬼魂的控訴，令我們知道這樁案的『來龍去脈』，值得一讚！！！

看罷劇後，猶想起 1630 年 8 月 16 日，北京西市口刑場之壯烈場面，袁大將軍被劊子手千刀萬剮之際，還要眼睜睜地忍受北京市民的辱罵，搶吃從自己身上剮下來的血肉……，那邊廂，佘義士

悲痛之餘，也正在盤算如何盜取袁督師唯一剩下的頭顱，埋葬在自家的後院，世代供奉⋯⋯！」

Coke

網上評論，2001 年 3 月 12 日

「該劇下半場寫得較理想，集中寫佘家第十七代守墓人佘幼芝與丈夫焦立江守墓的艱難。白耀燦舉出兩夫婦在現實生活裏的不少細節來表現，如墓旁學校要擴展，千方百計令佘女士一家生活環境不好過，迫她們搬走。又或者佘幼芝為了守墓，向略有微言的丈夫提出離婚，讓丈夫可以安心和子女搬到別的地方居住等。這些細節因為很生活化，也是因為佘女士擔起守墓大任而引來的痛苦，佘女士仍然堅持下去。這個矛盾的過程充滿辯證，而辯證的寫法，正好用來處理這樣的一個題材：到底為了做一件事，而承受百般的痛苦，值得嗎？」

張近平

〈《袁崇煥之死》感動不足〉

《大公報》，2001 年 3 月 21 日

重演

「一年後再看重演的《袁崇煥之死》，感覺仍是蠻強的，佘家義守袁墓的故事沒有改變，真實世界的佘幼芝仍為修葺袁墓四出奔走，變了的是戲劇演出的時空，和一些聽過、或者未聽過佘家守墓故事的觀眾。大概《袁崇煥之死》的創作者和觀眾，經過一年的淨化之後，可以從守墓的忠義故事的震撼中冷靜下來，藉着欣

賞重演重新審視戲劇本身的藝術性，不致讓演出的藝術層次被歷史本身所掩沒，從而令這齣戲能夠成為具藝術視野的經典作品，而不單單是一部歷史書。」

小蒼

〈重溫《袁崇煥之死》〉

國際演藝評論家協會（香港分會）網頁，2002 年 4 月 5 日

三、《斜路黃花》

(2010)

編劇的話

踏步斜路、見證歷史、穿梭舞台

　　一座城市，依山傍水，條條斜路，不論拾級而上，或是疾步而下，都會多了角度，多了層次，也豐富了內蘊，總令人覺得多添了一份山城迷人的魅力。三藩市的高低大街如是，地中海小鎮的彎曲山徑如是，四川重慶的梯坡如是，台灣九份的石階如是，香港中、上環的斜路也如是。

　　上斜下坡，總得要多花一點力，多費一點勁，呼吸也要來得深且密，心肺擴張，血脈奔流，生命的氣息，也就更加流轉。

　　十三年前，我的細媽在東華醫院療養，課後的黃昏，我總愛踏履斜路，從第三街上走醫院道，繞步般含道、樓梯街、居賢坊、城皇街、結志街、必列者士街、太平山街……迂迴曲走至普仁街的東華探病。所過處盡是歷史，可是都已沉積於都市的底層，沉積得幾乎令人遺忘。我着意地呼吸、細看、沉思，終於在腦海裏浮現了這樣的一幕景象：

　　斜路上，這邊廂，革命黨人在奔走呼號，運送軍火，星夜報訊；那邊廂，東華總理忙着贈醫施藥、扶危送葬，照顧無依……兩種力量，兩類人物，在斜路上狹道相遇，或擦肩而過，或碰撞不讓，以至孰先孰後，爭論緩急……激進與溫和，革命或改良，究是誰領風騷？

十年前，在「楊衢雲逝世百年祭」的紀念活動中，有幸聆聽吳萱人兄講述輔仁文社倡議共和的高瞻睿見，為百年前結志街的一記冷槍捶心動容，既悲楊衢雲先烈葬後無名的無奈，更哀港人對革命前賢的冷待，於是便立意要寫以斜路為背景的劇本，勾沉百年前的沸騰壯歌。

　　隨後，我在醫學博物館參加冼玉儀博士有關東華、保良局（保良）歷史沿革的講座，聽到當年的保良總理，親力親為，帶着「暗差」，埋伏在三角碼頭，截查拐匪，偵破買賣婦孺偷運南洋為奴作娼的勾當。對於士紳儒商的好人善行，不禁肅然起敬。

　　原來火攻以猛，水濟以柔，激進與溫和，或許行術互異，但都同是仁心！心想：兩線並行，構想兄弟二人入戲，立場殊迥異，手足卻情深，劇本脈絡已初現。

　　可是一耽便是八年！三年前，終於毅然退下三十三年的學校工作，多付心力，完我未竟之願。

　　先為中西區區議會的「文化落區」活動編導一個半小時的獨幕短劇。從何入手？順手隨翻香港與辛亥革命的資料，「革命四大寇」的照片俯拾皆現，但總對站在孫中山、陳少白、尤列、楊鶴齡四人背後的年輕人略過不提，或只列出「背站者名關景良（號心焉）」的簡單附註。關景良究是何人？何以合照而不獲稱「五大寇」？追查資料，方知關景良是孫中山的同窗兼室友，創立「剪辮不易服會」，意在反清卻不全身投入革命。何以如此？乃父母之反對。何以反對？乃基督信仰云云。可是基督信仰之於革命，既有不涉政治與熱衷變革的兩大看法，二者何去何從？

　　連串的問題問號，已知戲劇性的所在。於是便寫成致群劇社「斜路系列」之《風雨橫斜》獨幕劇。其間細翻史料，多番尋索，

方才驚覺晚清早期的革命，竟與基督徒關係如此密切，淵源如此深重！關景良的父親是關元昌，有份參與成立香港第一間華人自理教會道濟會堂，祖父關允善更很可能是中國第一位牧師梁發施洗的中國首批共十位基督信徒之一。焦點找到了，再發掘下去，原來除孫中山外，楊衢雲、謝纘泰、陳少白、陸皓東、鄭士良、區鳳墀、史堅如、黃詠商、徐善亨、溫宗堯、李紀堂、鄧蔭南、宋居仁、宋耀如（宋家姊妹的父親）等等革命者，以至王韜、何啟、容閎、王煜初等進步知識分子，全數都是基督徒，甚或是教會長老、傳道人，以至牧師！我不禁為自己忝為歷史教師數十年而忽略了如此重要的歷史結緣而汗顏！

於是，在我腦海中斜路上的圖像，又多了一條重要的線索 ── 基督徒：孫中山在必列者士街的美國公理會領洗，周日崇拜就喜歡沿着城皇街的斜級步往荷里活道的道濟會堂聽王煜初牧師證道；李紀堂、謝纘泰在德己立街的和記棧分派宋居仁長老聯絡廣州芳村巴陵教會的德國牧師運送、收藏彈藥軍火；教會的弟兄姊妹正在國家醫院彌留，家人喘着氣趕上斜路半山，找牧師趕赴病榻床前作最後的祝禱……

於是，劇的主線，便由兩條變成了三條。

此外，政治背後，總有文化的推動。晚清梨園，乃有「志士班」的出現，圖以新劇喚醒國魂。卻原來，粵劇素存禁例，女子不得踏足舞台！如此何其封建？於是，再加一筆，插入粉墨不能登場之遺憾，以促時代之亟變。

戲劇有這樣的一個說法：戲劇的創作，就如十字街頭的交通指揮，把四方八面而來的各式車輛人流，整理出一個秩序來；愈是繁忙，愈須梳理，愈是好看。

《斜路黃花》的主線，便再由三條變成四條了。

對於人生有着豐富歷練的人來說，與其說「人生如戲」，不若說「戲如人生」；翻開每天的報章，不難發現編劇家也構想不來的真實情節和人物，此所謂匪夷所思也。真實的人生，真的有時比戲劇來得更戲劇。同樣地，歷史劇要寫得動人，何須違背、歪曲、捏造？在茫茫浩瀚的歷史大流之中，總有題材，總有史實，總有憑據，給你無窮的戲劇性。把真實的「車輛人流」，放在一個藝術空間來處理，已夠好看。

可是，要寫成一齣歷史劇，光是搬上史實，總也不成。戲劇是文學的創作，總要有所構想，有所創作。司馬遷的史記，寫楚漢相爭，戲味盎然，是歷史，也是文學。「垓下之圍」是史實，「四面楚歌」應也是司馬遷嚴謹考察所得的材料，可是，有誰目睹「虞妃舞劍」？何人親聞「力拔山兮氣蓋世，時不利兮騅不逝」的悲歌？項羽突圍，一路殺下，漢將莫擋其鋒，至烏江自刎，死後人頭，還可再殺人！可真如此神勇無敵？果如此，又何以敗亡？這大概就是史記在歷史基礎下的文學創作，創作了生動活潑的人物語言，創造了震懾人心的場景氣氛，以突現「非戰之罪，天亡我也」的宿命主題，而成為了經典。

人物的語言，場的渲染，便是歷史劇的文學原素。其事未必全然確切，其情卻是真實動人！

本劇主線人物周伯鑾、周慕生兄弟，以至傅小紅、陳順嬌、昭蘭、王振初等，雖然都是藝術創造的角色，但他們的真實原型，不難追考，或根本就是那個時代的典型。至於「大明順天國」的切入點與及參與人物，以至每場的時、地、事，都是歷史的呈現。

讓歷史走進戲劇，從戲劇回看歷史。是歷史，是戲劇，更是生命的精誠！這是我的期盼。

原稿：2010 年 1 月

整理：2023 年 3 月

劇本

《斜路黃花》

故事大綱

清末 1901 年，革命先驅楊衢雲被刺於中環結志街，孫中山避難海外，革命形勢極其險峻。

一群在香港的基督徒卻無懼殺身，策動「大明順天國」行動，密謀再次起義……

接受殖民管治的香港，商市繁華的背後，老百姓生活艱辛，一些華人紳商遂發起成立東華醫院及保良公局，贈醫施藥、保護婦孺，為華人爭取權益。世紀末，鼠疫爆發，不信任中醫的英國人卻欲藉機取締東華……

戲院女帶位嚮慕舞台演出，可惜受制於封建禁例，女子不得粉墨登場，旦角悉由男扮！因緣際會，女帶位認識了年青的革命黨人，兩人在無名碑前，為了他們的理想而決志……

《斜路黃花》是以香港基督徒革命者與東華、保良士紳儒商的關係為經，以本土策動的 1903 年「大明順天國」革命事件為緯，以中、上環的斜路為場景，重現百年前香港人在中國革命洪流中的血淚、掙扎與仁心！

分場表

三、《斜路黃花》（2010）

創作人物

周伯鑾　　東莞籍殷商名流，繼父志經營金山莊「利昌源」，東華醫院、保良局總理。父（周禮田）在鄉間原為地主，被太平軍迫害，母受辱而喪，逃至香港，艱苦謀生，創辦「利昌源」金山莊。

陳順嬌　　周伯鑾元配妻子。馬來亞檳榔嶼（現稱馬來西亞檳城）華僑，父為當地「拿督」。鑾在馬貿易時與之認識，隨鑾嫁來香港。

昭蘭　　　周伯鑾妾。本為孤女，險被拐賣到山打根，為周伯鑾所救，感恩願托終身。鑾憐其身世，愛其善良，乃納為妾，妻妾同行，方顯名流身份。

周慕生／仲坤　周伯鑾弟，國家醫院見習醫生。1894年雅麗氏利濟醫院香港西醫書院畢業[1]，晚孫逸仙二期，晚關景良一期。道濟會堂基督徒，受浸後改名慕生，參與壬寅「大明順天國」之役，失敗，處刑。

傅小紅　　高陞戲院女帶位員，兼售香煙糖果。父本為戲班男花旦，後因失聲，轉任梅香，潦倒之餘，盡傳

1　據當年香港西醫書院註冊紀錄，於1887年入學有孫逸仙等十二人，皆有姓名可查。而在十二人中，能於1892年第一屆畢業有孫逸仙和江英華兩人，第二屆1893年有關景良，第三屆1895年有胡爾楷、王世恩兩人。即與孫中山一同入學的十二人，只有五人能學成畢業。1894年是沒有醫學生畢業的。

己學與女兒。小紅得父真傳，又耳濡目染眾名劇名伶之演出，夢想成刀馬旦，奈何戲班禁拒女性，得李紀堂賞識，得以參與私人戲局。後成為周慕生之紅顏知己，參與「大明順天國」之役，失敗，處刑。

張媽　　　　　周家傭人。父母早年受惠於東華，感恩圖報，把女兒送予周家為婢，一家生活得以安穩。仲坤自少由張媽照顧，視之如褓姆。

其他　　　　　斜路上的人，轎夫，挑夫，拐匪，保良「暗差」，警察，道濟會堂門房，管家泉叔，行刑官，道濟會堂會眾，傅小紅母親等。

歷史人物

李紀堂 （1873-1943）廣東新會人，富商李陞之第三子，東華醫院值理、道濟會堂基督徒。活潑好動，善行獵，槍法至精。得謝纘泰介紹，加入興中會，合力救亡，各次起義軍餉，捐助最鉅；資助《中國日報》，提供青山農場予黨人試驗軍火；另曾撥款創設李陞格致工藝學堂，又襄助教育家程子儀成立「采南歌」劇社，改良粵劇，宣傳革命。乃「大明順天國」（又名「壬寅廣州之役」）領導人之一，坐鎮香港主持起事。民國後歷任公職，晚年在重慶逝世。

謝纘泰 （1872-1938）本名贊泰[1]，生於澳洲雪梨。八歲澳洲受洗加入聖公會，1887年隨父來港，肄業於中央書院（後名皇仁書院）。乃楊衢雲摯友，《南華早報》創辦人，身兼實業家、革命家、航空工程師，設計製造中國首艘飛艇「中國」號，繪畫諷刺列強瓜分中國的漫畫《時局圖》。乃「大明順天國」發起人之一，失敗後不再參與革命，死後葬於薄扶林基督教墳場。

洪全福 （1834-1910）原名春魁，洪秀全族弟。幼隨洪秀全革命，於各省帶兵轉戰，封為左天將，瑛王，人稱三千歲。天國敗亡後來港，業航海，與謝纘泰父謝日昌稔熟，香港德國教會基督徒。乃「大明順天國」領導人之

---

1 此從楊衢雲後人楊興安所說，薄扶林基督教墳場墓碑上稱號也作「贊」。

一，親赴廣州領導起事，失敗後，逃往新加坡。後病逝於香港，葬於香港墳場 6781 號墓。

謝日昌 （生卒待考）謝纘泰父，廣東開平人，太平天國部將。少屬洪門黨籍，以推翻滿清為己任。太平天國敗亡後，在澳洲經商數十年。後攜子纘泰來港，策動「大明順天國」之役，失敗後，憂憤而卒。

謝纘葉 （生卒待考）謝纘泰弟，參與「大明順天國」之役，失敗後逃脫。

鄧蔭南 （1846-1923）開平人。早年移居檀香山後開設農場，受洗為基督徒，興中會檀香山成立時為會員。1900 年在廣州策應惠州起義，後協助史堅如刺謀兩廣總督德壽，皆失敗。1923 年澳門病逝，獲追授為陸軍上將，葬於廣州。

宋居仁 （1854-1937）香山人，廣州禮賢會教友。後移居檀香山，為興中會檀香山成立時會員。1901 年，任廣州芳村巴陵教會傳道人。辛亥革命後寓居香港，為聖公會青山聖彼得堂熱心會友，死後葬於廣州興中會墳場。

王煜初 （1843-1902）東莞人。中國第一代牧師王元深長子，原為禮賢會的傳道人，後轉任道濟會堂牧師。主張改革，曾上萬言策，痛陳中國積弊，孫中山常到道濟會堂聽其講道，與何啟、區鳳墀、關景良等辦理楊衢雲喪事。致力社會關懷工作，與溫清溪等教會長老發起成立勸戒鴉片社，死後葬於香港薄扶林基督教墳場。四子王寵惠乃中國近代著名外交家。（劇中人物王振初的藝術原型）

皇后大道原來叫大馬路，

大馬路原來是海岸綫；

海岸綫向上望，是一條條長長的斜路，

斜路上，

每一拾級，每一踏步，

盡是前人的足跡，歷史的印記。

可是，

足跡褪色，印記模糊，

只餘下數塊紅底白字的紀念牌匾，

在遺忘的渾噩與拆建的狂飆中奄息着。

猶幸，

行人碌碌，

在依然喘不過氣的腳步，

和抹之不盡的汗水中，

側耳細聽，

依稀可聞百年前的奔走呼號，

隱然仍見世紀初的沸騰鮮血。

……

還有，

滾滾紅塵，

覆不住仰照穹蒼、和合天心的十架頌禱；

囂囂叫嚷，

蓋不了救傷扶危、施棺送葬的儒者叮嚀。

在斜斜的路上，

原來是遍地仁心，

為了肢體、國魂與靈魂，

付予了精誠！

讓我們還奄息以生命，

撥塵囂以澄明，

重返斜路，

聆聽百載先賢的壯歌和祝福。

前奏

【世紀末，鼠疫猖獗。】

【歲暮，斜路上，有一條屍體躺在地上，仵工用草蓆捲着屍體離開。斜路的一端，荷李活道 59 號道濟會堂內，王振初牧師〔王〕正在向着會眾讀經……】

王　　　（畫外音）「凡事都有定期，天下萬務都有定時。生有時，死有時。栽種有時，拔出所栽種的也有時。殺戮有時，醫治有時，拆毀有時，建造有時，哭有時，笑有時。哀慟有時，跳舞有時。拋擲石頭有時，堆聚石頭有時。懷抱有時，不懷抱有時。尋找有時，失落有時。保守有時，捨棄有時。撕裂有時，縫補有時。靜默有時，言語有時。喜愛有時，恨惡有時。爭戰有時，和好有時。這樣看來，作事的人在他的勞碌上有甚麼益處呢？我見神叫世人勞苦，使他們在其中受經練。神造萬物，各按其時成為美好。又將永生安置在世人心裏。」（〈傳道書〉）

【畫外音在適當時候淡出……】

第一場
槍聲

時：1901年1月10日（光緒廿六年，歲次庚子十一月二十日，
　　星期四）

地：斜路上（鴨巴甸街與結志街之間）

人：斜路上的攤販、磨刀販、星夜報訊的革命黨人、老弱貧病
　　者、仵工、牧師、黑衣人……

【黃昏，天色轉暗，斜路上，還有幾檔攤子在擺賣，攤販嘗試在
收檔前做最後的一點生意，有賣梨子的，賣蕃薯糖水的，賣大蟹
爪菊花的；還有一輛轎靠在路旁，轎夫在打瞌睡。磨刀販來回踱
步，「磨較剪鏟刀」的叫喊聲劃破靜夜。一黑衣漢由下路上坡，
在陡斜的鴨巴甸街與結志街五十二號的交匯處四望形勢……。
黑衣漢與賣梨子的搭訕，問道：「請問結志街教英文嘅楊先生喺
邊？」。半晌，販子和轎夫都散去了，五十二號二樓傳來英語誦
讀聲，是楊衢雲在向兒子佐芝教讀英語，楊唸一句，兒子便一句
地應讀：「Republic」、「Democracy」、「Holy Cross」、「Crucify」
……。轉眼間，黑衣漢忽然不見了，昏暗中空氣像凝住，然後是
躡足輕步上木樓梯的聲音……。驀地，傳來槍聲三響。】

第二場
決志

時：兩年後，1903 年 1 月 10 日（光緒廿八年，歲次壬寅十二月
　　十二日，星期六），「大明順天國」計劃起事前兩周
地：跑馬地香港墳場 348 號無名碑前
人：周慕生（生）、傅小紅（紅）、王振初（王）

【清晨。在香港基督教墳場無名碑前，王振初牧師已完成了為小
紅決志的祈禱。之後，打開了《聖經》〈傳道書〉，給慕生讀經。
墓前放有鮮花。】

生　　　（拿着《聖經》）「⋯⋯靜默有時，言語有時。喜愛有時，
　　　　恨惡有時。爭戰有時，和好有時。這樣看來，作事的人
　　　　在他的勞碌上有甚麼益處呢？我見神叫世人勞苦，使他
　　　　們在其中受經練。神造萬物，各按其時成為美好。又將
　　　　永生安置在世人心裏。」（和小紅相覷，把《聖經》交回
　　　　給王牧師）

王　　　所以，一切都要睇上帝嘅旨意，上帝會有佢嘅時間表。
　　　　（凝重）你哋呢次真係要去？

生／紅　（堅決）唔！

王　　唉，（深嘆一口氣）兩年前嘅今日，我同纘泰弟兄、何啟教授、區長老、景良弟兄佢哋喺呢度下葬衢雲，我真係唔想……（不忍說下去）當然，我梗係希望你哋成功喇。

生　　我哋一定會成功嘅！

紅　　即使失敗，我哋都會去！（頓）咁先至係決志吖嘛！（帶笑，握生手）

王　　我都係第一次咁樣喺墳場同人決志咋，小紅姊妹。（微笑）

紅　　呢度係慕生同我第一次約會嘅地方，就喺呢度，慕生介紹咗楊衢雲大哥嘅事俾我認識，我好鍾意呢度。

王　　（打量四周，無人）咁上廣州嘅時間定咗未？

生　　未，仲等緊紀堂弟兄嘅聯絡，不過一定要喺年卅晚之前，唔係就失咗個時機喇。而家最緊要係等批「生果」到。

王　　「生果」？哦！唔……咁安唔安全？

生　　應該安全。梁慕光弟兄喺省城會接應我哋，佢開咗間洋服店，我哋會去嗰度報到。

紅　　批「生果」一到，就會即刻運去芳村，收埋喺間肥料廠度先，間廠就喺巴陵教會總部隔籬，到時郭宜堅牧師會接收。

王　　噢，信義宗嘅 Kollecker 牧師，德國人嚟嘅。

生　　　有外國牧師肯出頭幫手，咁會方便好多。

王　　　咁就係嘅……希望啦。

【眾人不語。】

紅　　　（打破靜默）多謝晒，王牧師，多謝教會嘅弟兄姊妹幫
　　　　我照顧家母，佢好開心，話估唔到咗咁多個女，仲有
　　　　仔㖭。（笑）可惜先父……（鬆一口大氣）當年先父係
　　　　男花旦，冇得做荊軻，只能夠演太子妃，淨係識得服侍
　　　　荊軻飲酒！今次我有機會能夠配合咁多位弟兄做現實
　　　　嘅荊軻，一齊上省城行動，仲喺楊大哥墳前有王牧師你
　　　　嘅祝福，呢啲係我嘅福氣！

王　　　人哋做戲就只係做戲、睇戲就只係睇戲，你雖然冇讀過
　　　　書，但係能夠睇通 ── 仲係睇穿戲裏面嘅精神，然後
　　　　活喺人生，真係難得。

生　　　可惜大哥佢唔明白你，仲以為你……。

紅　　　呢啲係一般人嘅睇法，唔怪得晒佢嘅。

生　　　但係佢始終都唔贊成革命。

王　　　每人都有自己嘅睇法，天父亦都俾唔同人有唔同嘅恩
　　　　賜，等佢哋喺唔同嘅崗位做唔同嘅服侍。你大哥喺東華
　　　　同保良做得好好吖！嗱，我都有我嘅事要做，一路以嚟
　　　　都冇加入過革命黨，今次亦都唔會同你哋上廣州。

生　　　但係你一直都喺度幫緊革命。

王　　　有啲人搞革命，有啲人唔搞革命但係幫革命；或者係明幫，或者係暗幫。有啲唔贊成革命，但係佢哋都係做緊幫人嘅嘢……。好喇，而家雖然係年尾流流，冇乜人會嚟墳場，不過此地始終不宜久留，你哋都係為上廣州嘅事早作準備。

生　　　好，我哋分頭離開。

王　　　（與兩人握手）珍重。

生／紅　多謝。

【三人各自散去。】

第三場
斜路（上）

時：11天後，1903年1月21日（光緒廿八年，歲次壬寅十二
　　月二十三日，星期三，大寒），「大明順天國」計劃起事前
　　一周
地：斜路上
人：周慕生（挑夫乙／生）、女傭／傅小紅（傭／紅）、周伯鑾
　　（鑾）、轎夫甲、轎夫乙、挑夫甲、挑夫丙

【清晨。斜路上，攤販、店子還未擺賣開舖，原本已不寬闊的路
　面因為路旁一角正在修路而只剩下一段窄窄的通路。這邊廂，
　三、四個挑夫挑着一箱箱外有「和記棧」字樣的生果箱由下往上
　走，由一位傭人打扮的女子領着；那邊廂，幾名轎夫抬着一位富
　商名流坐着轎子從上往下奔。】

轎夫們　　借過，借過！

挑夫們　　讓開，讓開！

【兩批人在狹窄的通路上碰上，去路給堵住了。】

傭　　　　轎夫大哥，唔好意思，麻煩你哋讓一讓路，俾我哋上
　　　　　　　去先？

轎夫甲 點讓呀？條斜路咁窄！你哋退落去先喇，轎入面係大老細呀！

挑夫甲 大老細好巴閉咩？我哋夠要擔嘢上半山咯！挨年近晚，我哋有好多貨要趕住送㗎！

轎夫乙 就係年尾流流，我哋大老細有病，趕住去東華睇大夫，等快啲好返，精神爽利過大年！

挑夫乙 東華喺普仁街，麻煩你哋喺上面兜過去都得啩？

轎夫乙 咁你哋又唔兜路上？

傭 你見喇，我哋成隊人，好難退……

挑夫們 （鼓噪）喂，搞乜鬼呀？好重呀，仲唔行？（強行上斜）

轎夫們 丟那星！（亦強行下坡）

【兩邊人馬互不相讓，結果碰撞在一起，其中一箱生果倒翻了，掉出一個個柑子，更跌出了一盒盒東西來，其中一盒翻開了，散出了一些黑色粉末。女傭和挑夫乙慌忙分別撿拾柑子和撥收粉末，轎內的周伯鑾終於按捺不住，走下轎來。】

鑾 （天寒體病，穿着厚衣，圍着大毛頸巾）乜嘢事呀？

【挑夫與轎夫正要衝突起來……】

傭 （忙於撿拾柑子）冇事冇事，跌咗啲柑啫。

挑夫甲 又要執餐死嘅！

挑夫乙　（忙於撥收粉末，向傭）唔好再爭拗嘞，叫佢哋退埋一邊俾人落咗斜路先喇！

鑾　　（被粉末的濃烈氣味刺激了喉嚨，咳）呢啲係乜嘢粉嚟㗎？咁攻鼻嘅？（與生對望……）呵！乜係你！坤，你搞乜鬼？（望傭）你都喺度？

生　　大哥……

【過場一：播映中、上環斜路上革命史跡的今昔照片／錄像：中、上環海傍、三角碼頭、太平山下一條條的斜路、皇后大道西、雀仔橋、德己立街 20 號和記棧、士丹頓街 13 號乾亨行、雅麗氏醫學院、居賢坊、鴨巴甸街、結志街 52 號、百子里、香港基督教墳場 6348 號無名碑、香港基督教墳場 6781 號洪春魁墓、香港薄扶林華人基督教墳場謝纘泰墓、香港薄扶林華人基督教墳場鄭士良墓、鼠疫、洗太平地……】

畫外音　皇后大道原來叫大馬路，
　　　　大馬路原來是海岸綫；
　　　　海岸綫向上望，是一條條長長的斜路，
　　　　斜路上，
　　　　每一拾級，每一踏步，
　　　　盡是前人的足跡，歷史的印記。
　　　　可是，
　　　　足跡褪色，印記模糊，
　　　　只餘下數塊紅底白字的紀念牌匾，
　　　　在遺忘的渾噩與拆建的狂飆中奄息着。
　　　　猶幸，
　　　　行人碌碌，

在依然喘不過氣的腳步，
和抹之不盡的汗水中，
側耳細聽，
依稀可聞百年前的奔走呼號，
隱然仍見世紀初的沸騰鮮血。

第四場
瘟疫

時：六年半前，1896 年 6 月 26 日（光緒廿二年，歲次丙申五月
　　十六日，星期五）
地：居賢坊周家大宅
人：周伯鑾（鑾）、鑾妻陳順嬌（嬌）、周慕生／仲坤（生）、張媽
　　（張）、泉叔（泉）

【中午，周家大宅。是日乃周氏兄弟父親周禮田的周年忌辰，張
媽在打點祖先拜桌上的祭品器具，周伯鑾與妻順嬌正焦急地等
候。鑾覺熱，頻頻搖扇。】

嬌　　你係咁撥扇都係冇用㗎，坐低，個人靜啲就會冇咁熱
　　　㗎嘞。

鑾　　點會唔熱吖？你又唔俾人開窗！

嬌　　忍多陣先喇，下面太平山街啱啱先洗完太平地，嗰陣消
　　　毒藥粉味仲未散，smell terrible 呀，我最怕聞㗎嘞，
　　　聞親就想嘔。

鑾　咁唔該你下次見到譚馬士先生嘅時候，着緊啲問佢幾時返英國，佢般含道間屋請佢一定要賣俾我哋，貴貴都冇問題，我俾得起，總之千祈咪俾其他人捷足先登！啲鼠疫仲係咁猖獗，都唔知要幾時先冇晒，唔住高啲，嗰陣味仲有排你聞呀！

嬌　你估你俾得起就得咩？我哋 Chinese 冇做得咁易俾住般含道㗎！

鑾　所以咪要你出馬囉！

嬌　好心你就勤力啲，跟我學多啲 English，唔使淨係靠晒我嚟同啲大班講。

鑾　學英文？你都有眼見喇，東華有咁多事要理，利昌源又咁多嘢做，阿坤又唔肯幫手，呢個金山莊係阿爹嘅心血，我點都要做到最好，我邊得閒學英文？呢，你喺你哋教會主日崇拜之後同佢講就最好喇。哈，嗰個阿坤，一早就唔見人，你話佢去咗邊？

182　張　佢冇食早飯咪㗎！佢叫我聲早晨，轉頭就唔見佢咯！

嬌　或者醫院工作忙呢？鼠疫嘅疫情仲係咁嚴重。

鑾　今日係阿爹嘅周年忌辰，叫咗佢拜完先返醫院㗎啦，個心都唔知去咗邊？我諗住拜完阿爹佢仲趕得切去東華開會！而家午時都就過喇，下晝又要返利昌源。唔等喇！（正要準備上香）

【泉叔從外邊入。】

泉　　老爺呀，東華嗰邊使人送咗呢份文件嚟，問你有乜意見喎？佢哋開緊會，話聽埋你嘅意見先做決定喎。

鑾　　咩事咁緊要？睇過……（接信，一看是英文，即轉遞給嬌）你幫我睇係啲乜嘞。班英國佬又唔知想搞啲乜花臣！

嬌　　（看文件）係議政會議員 Mr. Whitehead 嘅報告書……

鑾　　咁講啲乜？係咪又想搞我哋東華？

嬌　　……報告書話東華係「poor house, refuge and dying house」……

鑾　　咁即係乜嘢？

嬌　　佢話東華係濟貧院、避難所、死人屋，淨係識得濟貧、送棺材，唔識得醫鼠疫喎……

鑾　　吓？咁即係擺明想向我哋東華開刀啫？

泉　　咁我應該點回覆佢哋呀？

鑾　　你即刻落去，叫佢哋等埋我，我拜完祖先馬上趕嚟。

【泉下。】

張　　咁唔等二少嚟？

鑾　　仲等咩？等咗成朝喇！

【鑾忙在父及祖先神位前上香，奠酒，跪地，叩頭。嬌急隨拜祭。】

【生從外急步入。】

生　　　（氣嘞氣喘，大喜）揾到……揾到疫菌嘞！

張　　　二少，揾到咩呀？睇你滿頭大汗，氣嘞氣喘，梗係喺國家醫院走上嚟呢？陰功咯，條路咁斜！等我斟杯茶俾你先喇！

生　　　（坐下）揾到疫菌喇！

張 / 嬌　疫菌？

【鑾冷冷盯着生。】

生　　　揾到疫菌喇！耶爾贊醫生培植嘅疫菌終於成功嘞！神學院嘅學生俾佢醫好咗喇！

【鑾不語，瞪着生。】

生　　　呢個法國醫生真係好嘢，佢喺一個鼠疫病死嘅英國水手身上解剖咗一粒膿瘡，就俾佢培植咗鼠疫嘅菌苗……

嬌　　　咁又確係好消息噃！咁呢個耶爾贊醫生真係幾「八拉」[1]噃，鼠疫病都俾佢醫得好！嗯，我都話佢梗係去咗醫院嚟喇！（見鑾嚴厲貌）快啲拜老爺先喇，伯鑾趕住去東華開會。

張　　　咁啲鼠疫係咪好快就會冇晒？仲會唔會再嚟過？

鑾　　　（冷冷地）坤，上香俾阿爹。

生　　　我係基督徒，我唔會上香。

184

1　編劇按：「八拉」，馬來華人常用語，意指本事。

鑾　你知唔知今日乜嘢日子？平時你唔肯庄香俾祖先由得你，今日唔得！等咗你成朝嘞！

生　今日係阿爹嘅周年忌辰，我梗知喇。今朝一早未返醫院之前我已經去咗阿爹嘅墳前獻花、鞠躬。

鑾　（稍頓）卦山還卦山，神位還神位，呢度係屋企，仲有歷代祖先嘅神位，上香喇。快啲，我要趕住去東華開會。

生　咁你咪去開會囉。我都話我係基督徒，我唔會上香。

鑾　你大嫂夠係基督徒咯，佢又會上香？

生　大嫂佢唔夠堅定啫。佢要就你。

嬌　二少，冇錯，喺拜老爺同 ancestors 呢啲事上面，我係遷就你大哥，不過我都唔係盲目咁遷就嘅。我諗，上香係我哋中國人嘅 tradition 喇，只要你唔好迷信，唔好好似第啲人咁以為點着支香係俾啲 spirit 食，好似我哋人食飯咁，咪得囉！其實點着支香，睇住啲煙飄吓飄吓咁向上飄，即係代表我哋嘅思念飄上去 heaven，係一種紀念，一種儀式啫！快啲喇，聽你大哥話喇，佢趕時間呀！

生　大嫂，我而家冇阻佢去開會呀。我冇你咁好嘅想像力，我有我自己嘅立場。

鑾　你梗係有你嘅立場喇！阿爹改俾你個名都唔要！趁阿爹病就話要受洗禮、入教會，我都唔理你嘞，點知你又要同自己改個新名，乜嘢慕生呀，嫌仲坤個名唔好咩？嫌棄阿爹俾你嘅嘢咩？

生　　　我唔係嫌棄仲坤個名，我只不過想俾自己一啲鼓勵，我只係追求新嘅生活。

嬌　　　算喇，伯鑾，我都有個英文名 Mary 喇！老爺有時都係咁叫我㗎！

鑾　　　咁點同？你係庇能[2]嘅州府女，係華僑，馬來亞係外國地方。呢度係香港，雖然係英國人統治，但始終係中國地方。

生　　　就係因為香港始終係中國地方，我哋始終係中國人，所以我先至想我哋嘅國家能夠有新嘅生活。

嬌　　　算嘞，算嘞，唔庄香就唔庄香喇。伯鑾，去開會喇！班總理等緊你呀！

鑾　　　唔庄唔得，我要講埋先，佢哋實會等埋我嘅。乜嘢新生活喎，我就係最驚你呢啲嘢，勸極你都唔聽，成日走過去百子里同埋士丹頓街度搵楊衢雲同孫文嗰班人，呢，而家俾清廷通緝嘞，要走佬喇！你好彩，舊年冇跟埋佢哋返廣州搞事，如果唔係，咁就真係周門不幸咯！阿爹未死都俾你激死！作反？咁都敢？點解你哋班番書仔、基督徒咁大膽？

嬌　　　伯鑾，唔係個個基督徒都係作反嘅。我 daddy 都係基督徒，但係佢時時都教我哋：耶穌都咁講「凱撒的物當歸給凱撒。」二少，政治嘅嘢，我哋唔好理咁多，亦唔理得咁多。

2　編劇按：即檳城，讀作「庇 lung」。

生　　　大嫂呀，政治嘅事亦即係大家嘅事，我哋一定要理；〈路加福音〉話：「叫那受壓制的得自由……。」滿清政府咁腐敗……

鑾　　　今日係你阿爹同你老爺嘅周年忌辰，你哋兩個信教嘅喺個神位面前大講耶穌！

嬌　　　Sorry，伯鑾。

鑾　　　作反喎！以下犯上，成何體統？呢，洪秀全就作反嘞，反成點呀？洪秀全呀，你哋耶穌個細佬呀！我哋周家真係多得佢唔少喇！阿爹以前喺東莞幾多地幾多銀號呀，呢班長毛賊，搶晒我哋嘅地，霸晒嘅銀號，嗰啲係我哋周家歷代祖先嘅產業嚟㗎！拜上帝喎，賊嚟㗎，冇人性㗎！自己窮就唔抵得人哋有錢有地！好彩阿爹走得甩，帶住阿媽同我，落到嚟香港，白手興家，重頭嚟過，創辦「利昌源」，成個金山莊行頭有邊個唔識周禮田吖？唔係你會讀到雅麗氏醫學院？而家叫你庄支香俾老竇都唔得？

嬌　　　伯鑾，咁你又唔好成日攞洪秀全嚟講喇，佢都唔係真正嘅基督徒，佢嗰啲係 heresy……異端呀！……唏，異端都唔係，直情係邪教！

鑾　　　我點知邊個係異端定唔異端、邪教定唔邪教呀……總之佢哋都係拜上帝嘅！

生　　　你點可以攞洪秀全嚟講？佢係……

張　　　（勸阻）算喇，大少講親先老爺嘅事，係好認真㗎！（拿着香）二少，乖，學大少奶咁諗，當紀念啫！

生　　（接過香）好，我尊敬阿爹，我上香。（上香）（稍頓）阿爹本來唔使死，係你唔肯送佢入國家醫院做手術！

鑾　　做手術？佢哋話要切咗阿爹成隻腳呀！

嬌　　老爺自己都唔肯喇！咁牙煙！

生　　就係要及時切咗隻爛腳先至唔會一直爛上去！咁嚴重嘅糖尿係咁㗎，如果唔係，死梗㗎！你哋應該要幫我勸阿爹吖嘛！

鑾　　係呀，我哋冇勸，我哋冇送佢入國家醫院，監生鋸斷成隻腳㗎，寫包單會好返咩？死無全屍㗎！

生　　點都要試吓嘛，淨係靠中醫食中藥，咁咪冇咗囉！

張　　二少……

鑾　　邊個話中醫唔得？中國人梗係睇中醫喇，呢啲係中國人嘅傳統！奠酒！

張　　大少爺，二少都已經……

鑾　　奠酒！

嬌　　算喇，伯鑾，佢都肯庄香咯！

鑾　　奠酒！你大嫂都係庄香、奠酒、叩頭，全部做齊！

生　　（半晌，跪地，叩頭，起來，拿酒杯……）大嫂庄香、奠酒、叩頭，全部做齊，係因為佢就你，佢驚你，佢唔敢逆你，佢要同你合作，就好似佢個拿督 daddy 咁要同馬來王、同英國人合作。阿爹生我、養我、教我，我好感恩，我願意跪。但係酒，係俾人飲嘅，唔係倒喺地下當係孝敬俾啲鬼鬼神神飲嘅！

鑾　　呢啲係中國幾千年嘅傳統！

生　　唔合理嘅傳統就要改，唔合理嘅醫療要改！唔合理嘅政權就要改！（把祭奠的酒一飲而盡）

鑾　　你……（欲掌摑生，嬌忙制住，張拉開生）

嬌　　你點解今日寧舍咁大火氣，係都要二少奠酒！

鑾　　因為呢啲係中國嘅傳統！我哋中國人都唔守住呢啲傳統，就會冇埞企！就會俾啲英國佬恰死！呢，頭先你睇過嗰份報告㗎，英國佬唔係想廢咗我哋東華咩？

生　　咩報告？

【嬌把英文報告遞給生。】

嬌　　咁就係。不過當年又係政府批准我哋搞東華嘅！開幕都係港督主持㗎！

張　　唔係嘛？廢咗東華？咁就真係冇陰公咯！東華幫人睇病，送藥，送山地，送棺材，好彩得東華，我老公先至唔使病死街頭，最尾仲可以落葉歸根，葬返鄉下嘛，如果唔係我都唔會嚟咗你哋周家打工，一打就打咗廿幾年……

鑾　　係囉，又唔諗我哋點樣出錢出力幫社會、做慈善，連當今聖上都親筆御題個牌匾送俾我哋，呢，「萬物咸利」呀，大大個字，掛咗喺東華度！而家趁住鼠疫就話我哋中醫唔得。我哋華人唔肯送啲病人出去海度隔離，唔肯俾佢哋火化啲屍體，就賴係我哋東華搞事，實情係啲英國佬唔明我哋華人嘅傳統，要趕絕我哋！

張　　二少爺，唔係真係要趕絕東華嗎？

生　　……港督羅便臣確係成立咗個調查委員會，裏面好多都係西人醫官，佢哋真係有咁嘅諗法。加埋 Mr. Whitehead 呢份報告……

張　　二少爺，咁你一定要幫吓大少嘞……唔係，係幫東華，幫啲有需要嘅人！

嬌　　二少，咁你而家知道你大哥係因為呢件事先至咁煩、咁勞氣。

生　　但係咁嚴重咁緊急嘅疫情係一定要西醫醫㗎，就正如糖尿嚴重到成隻腳爛晒……（立時按住，意識到不應再往火裏跳）所以我一入嚟咪就係向你哋宣佈發現疫苗嘅好消息囉……不過，我同意亦都唔能夠一筆抹殺晒中醫中藥嘅作用，畢竟我細個好多時病都係張媽你餵我飲苦茶好返嘅。我亦都唔贊成要取締東華，畢竟佢哋英國人係有啲偏見……

190

嬌　　梗係喇，呢啲係 charity，係大好事嚟㗎！咁委員會入面有冇我哋華人？

生　　得何啟醫生一個。

嬌　　二少，咁你去搵 Dr. Ho 喇，你係佢學生，就呢個禮拜，主日崇拜之後，同佢傾吓，叫佢幫吓忙喇。

張　　係囉，二少爺，幫吓啲窮人喇，佢哋好慘㗎。

蠻　　係囉，你哋都係咁「開明」，又係「基督徒」……幫得到嘅就幫囉！

生　　好喇，我即管試吓喇。

鑾　　係至好呀，嗱，我指意你㗎喇，我而家就去東華同佢哋
　　　講㗎喇。（匆下）

生　　盡量喇。

第五場
議反

時：五年後，1901 年 9 月 26 日（光緒廿七年，歲次辛丑八月
　　十四日，中秋節前夕，星期四），《辛丑條約》簽訂後十九日
地：威靈頓街 24 號（即德己立街 20 號）和記棧鮮果店頂樓
人：謝日昌（昌）、謝纘泰（泰）、謝纘葉（葉）、李紀堂（李）、
　　洪全福（洪）、鄧蔭南（鄧）、宋居仁（宋）、周慕生（生）

【晚上。樓內陳設簡單，置一供桌，放有十字架、楊衢雲相框、
楊桃數個、月餅及幾本《聖經》。】

李　　　（讀報紙）「辛丑和約簽訂，名妓賽金花斡旋功大！」堂
　　　　堂一個國家竟然要靠一個石頭胡同嘅妓女去同洋人統
　　　　帥求情，真係醜！《辛丑條約》？真係「醜」！

葉　　　（拿報看）哦，照咁講，如果唔係得賽金花「以身報國」，
　　　　氹掂聯軍統帥，條約仲唔止咁喇嘛！

宋　　　呢啲都只不過係小道消息啫，荒謬！

泰　　　不過，居仁，我信係真嘑！義和團呢班呃神騙鬼嘅地痞
　　　　神棍竟然會變成國家軍隊，仲向列強開戰！喺呢個國
　　　　家，荒謬到咁嘅事都可以係真嘅，仲有乜嘢唔係真呢？

李　　咁就係，賠款賠到天文數字，有邊個會諗得到？丟
　　　那星！

鄧　　仲要拆晒京畿嘅礮臺，列強反而可以駐兵，咁即係自毀
　　　國防，大開門戶！下次洋人再打入嚟……根本唔使打，
　　　係咪要列隊歡迎？我鄧老三唔反你滿洲佬我唔姓鄧！
　　　丟那星！

昌　　（拍案怒嘆）「忍令上國衣冠，淪於夷狄！」滿清走狗！
　　　我謝日昌老喇，唔夠魄力咯，紀堂、蔭南、居仁，拜托
　　　晒你哋喇！阿泰，阿葉，阿爹希望喺有生之年，能夠睇
　　　到你哋班後生「相率中原豪傑，還我河山！」

泰　　爹，你放心，過去兩次雖然失敗，但係我哋係唔會灰心
　　　嘅。（向着楊衢雲照片）楊大哥，我謝纘泰唔會俾你白
　　　白咁犧牲！

鄧　　仲有陸皓東、史堅如、鄭士良，同理舊年惠州起義嘅遇
　　　難弟兄，佢哋嘅血唔可以白流！（悲憤）

李　　昌伯，蔭南叔，纘泰，纘葉，我同意我哋要再次發起行
　　　動。錢，（拍心口）我李紀堂有！

鄧　　世侄，我知你係李陞個仔，大把錢，但係搞革命，燒槍
　　　即係燒銀紙，揼炸彈即係揼錢落鹹水海，多多錢都唔
　　　夠使！

泰　　鄧三叔，你講得冇錯呀，紀堂，六年前廣州起義已經用
　　　咗你一大筆，舊年惠州嘅行動，又用咗你五十萬，所以
　　　我今次約咗周慕生嚟，大家一齊傾吓。

宋	周慕生？佢做咗醫生冇幾耐咋嘛，冇乜錢㗎。
李	佢老竇就大把，死咗咯，啲生意都係佢大佬管。不過佢大佬而家係東華嘅總理，都係我伯爺推薦佢入去嘅。佢肯幫手，梗係好喇。
鄧	乜仲未到嘅？
葉	佢喺醫院一做完嘢就會嚟，就快到㗎嘞。
宋	咁希望佢幫到手喇。
李	至於人方面，應該就夠喇，係嘛，蔭南叔？
鄧	上次走甩嘅弟兄而家喺紀堂同埋我喺青山嘅農場做工，大家都唔甘心，要再嚟過，而家跟我學緊整炸彈！
宋	何況省港澳咁多間教會，有心革命嘅弟兄亦唔少。
泰	而且仲有三合會嘅人呢？所以人唔係問題。
李	但係鄭士良死咗，邊個可以領軍？

194

【李、宋望向鄧蔭南。】

鄧	你哋唔好望住我呀，唔係我鄧老三怕死呀，不過接連兩次我都有份領軍，都係失敗，今次搵第二個好啲！
昌	所以我今日就係要介紹你哋認識一個領軍人才，洪春魁。
李 / 鄧 / 宋	洪春魁？
昌	泰，你講喇。

泰　　佢係洪秀全嘅族弟，早喺金田村起義嘅時候已經跟洪秀全革命，之後喺各省帶兵打仗，封為左天將、瑛王，人稱三千歲。

昌　　而家雖然六十幾歲，但仲係好健壯，本事過我好多。嚟緊嘅行動，由佢領軍，夠晒經驗。

宋　　太平軍？佢哋神神怪怪，外國人唔會支持㗎。而且，唔少中國人都俾佢哋鬥過，受過佢哋嘅苦㗎。

泰　　你放心，太平軍失敗之後，佢就嚟咗香港行船，喺火船上面做廚師，仲加入咗香港嘅德國教會，佢認識芳村嘅郭宜堅牧師，將來行動嘅軍火可以收喺郭牧師嘅教會度。

宋　　哦，我聽郭牧師提過，話有個太平軍領袖正式加入咗教會，原來就係佢。

昌　　佢同我係幾十年嘅朋友，信得過。

泰　　佢就喺隔籬蘭桂坊嘅義和堂行船館出入之嘛，我諗就快到。

【連續多下急促但輕細的敲門聲。】

洪　　（門外）日昌，係我。

【日昌着續泰應門，示意小心。】

泰　　咁夜上嚟乜事？

洪　　（門外）今晚八月十四，上嚟迎月。

泰　　有冇帶手信？

洪　　有，楊桃。

泰　　（轉身）冇錯，係洪世伯，就講就到。（開門）

【洪扣着周慕生手腕穴位，挾着他自外入。生呈半昏迷狀態。】

洪　　有奸細！呢個後生仔由蘭桂坊開始一路跟住我，鬼鬼祟祟，見我喺和記棧買楊桃佢又買楊桃，跟住又上埋樓，我咪喺轉角處一下擒拿手，扣住佢脈門嘅穴位，抽佢上嚟囉。點呀？日昌，劏咗佢定掉佢落海？

宋　　唔得，點可以隨便殺人？

洪　　唔滅口點得呀？佢知道咗我哋嘅竇口喎！（把生扭向過來）

泰　　係慕生！洪世伯，搞錯咗喇，係自己人！

洪　　自己人？咁屍嘅後生仔，一下就暈咯，點革命呀！

鄧　　快啲救返醒佢先喇！叫醫生喇！

李　　佢咪係醫生囉！

昌　　春魁，出手喇，係自己人哩。

洪　　哦，好簡單啫！（用掌心向生腦門一拍，生即醒來）

生　　（未全清醒）係邊個……我有帶楊桃㗎……

泰　　我嚟介紹，呢位係周慕生醫生，我哋嘅新血。（向眾人）各位，呢位就係……

洪　　在下洪春魁。

昌　　（向眾人）各位，呢位就係我要同大家介紹嘅瑛王，洪春魁前輩！

洪　　（向眾人）失禮失禮。瑛王？過去咗喇！（向生）唔好意思，誤會咗……

生　　（漸醒過來）唔緊要，自從楊大哥、鄭士良被暗殺，大家係應該小心啲嘅。我唔好意思至真，係我心急咗啫，喺街口我見到前輩你身形高挺，步履矯捷，嚟到下面生果欄買楊桃，我已經估到係洪前輩喇，咁咪急步跟住你囉……

昌　　一場誤會！嚟，人齊喇，開會！阿泰，你嚟主持。

泰　　（向洪、生）放低楊桃先。

【洪、生在供桌上放下楊桃，眾人各自點着支蠟燭，然後手拿《聖經》。】

泰　　（帶頭）楊兄遇刺，毋忘劫遭。

眾　　（隨唸）楊兄遇刺，毋忘劫遭。

泰　　做鹽作光，基督門徒。

眾　　做鹽作光，基督門徒。

泰　　請坐！

【眾坐。】

泰　　　我再嚟介紹，呢位洪春魁前輩，太平軍嘅三千歲。李紀堂，本地富豪，革命嘅財神爺。鄧蔭南鄧老三、宋居仁，兩位都係興中會喺檀香山成立時候嘅老會員，居仁而家係廣州芳村巴陵教會嘅傳道人，蔭南叔喺青山打理農場，安置我哋嘅弟兄。周慕生醫生，孫文嘅學弟，我哋嘅新血。家父，謝日昌，舍弟，謝纘葉。

【眾互握手。】

泰　　　各位，楊大哥遇害接近一年，沉冤未雪，一個月前，鄭士良又俾人落毒暴斃。我哋唔可以坐以待斃嘅！《辛丑條約》已經簽訂，內容係點樣大家都好清楚。滿賊一日唔推翻，一條條喪權辱國嘅條約仲會陸續出現。所以我哋準備用一年左右嘅時間，籌備另一次嘅廣州起義。我哋兵力、彈藥都唔夠，唔可以硬攻，只能靠暗殺。初步計劃喺大時大節，廣州城上上下下都大事慶祝嘅時候，炸兩廣總督署府，炸死德壽，一則擒賊先擒王，二則為楊大哥、鄭士良報仇。

洪　　　世侄，兩廣總督署府唔容易炸，防衛森嚴，上次史堅如都失敗咗喇。

鄧　　　（以為洪影射他）上次炸德壽我係總司令，係我害死咗史堅如，要怪，怪我喇！

【眾安撫鄧。】

宋　　　（向鄧）冇人怪你。（向眾）所以一定要等德壽離開咗總督署府先至向佢落手。

【眾思量。】

生　　　大時大節？不如喺年卅晚子時，趁廣州大小文武官員齊集喺萬壽宮賀年嘅時候，引爆炸藥，將佢哋一舉殲滅。

李　　　好！咁就會好轟動，為革命造就好形勢！

宋　　　但係會炸死好多人㗎，最好將殺傷面減至最低……

洪　　　摩西帶領以色列人過紅海，夠浸死晒全部嘅埃及追兵喇，佢哋係兵茄屎，只係照法老王嘅命令做之嘛。打仗係咁㗎喇，細佬！

生　　　不過今日已經係八月十四，今年怕趕唔切。

昌　　　咁就等多一年……

泰　　　爹……

昌　　　唔使急，一定要籌劃妥當。

洪　　　居仁弟兄，你係芳村巴陵教會嘅傳道人呵？我可以同埋你聯絡嗰邊嘅郭牧師，安排收藏炸藥嘅據點。

宋　　　太好喇！

鄧　　　咪住先，咁大件事，要唔要通知孫文？

昌　　　唔使喇，孫文而家喺安南，唔知佢幾時返嚟。

泰　　　即使佢返到嚟又上唔到岸，好難主持行動嘅，唔等咯。

鄧　　　咁陳少白呢？佢而家仲喺香港！

李　　　少白佢伯爺剛剛過身，未婚妻又咁啱死埋，唔好煩住佢咯，等佢專心搞《中國日報》喇。

| 昌 | 咁就由紀堂幕後策劃安排，洪老兄喺前線統領，纘泰你就聯絡西報，製造輿論，同埋負責籌組政府。 |

| 葉 | （拿起月餅）聯絡方面，今日係八月十四，我提議學劉伯溫月餅傳字條嘅方法，通知其他弟兄。 |

| 生 | 纘葉兄，我認為今次我哋一班基督徒舉事，同以前改朝換代唔同，唔可以推翻滿清之後，又再建立另一個封建皇朝，而係要創一番新天新地新事業…… |

| 洪 | 講得好，後生仔！（鄭重地站起）我同意，事成之後，唔可以重蹈太平天國嘅覆轍，唔可以建立一個神權嘅國家。「天王」洪秀全點解失敗吖？（望眾，期待回答。但當有人正欲發言，卻又即接講下去）就因為佢係天王囉！佢要做天王，佢以為自己係天王，但佢唔係天王！只有天上嘅父先至係天王！所以大家唔好再叫我瑛王喇！ |

| 葉 | 咁叫你咩好？ |

| 洪 | 叫我洪「老」前輩喇！因為我夠老！又或者洪將軍都得，因為我仲好打得！ |

| 李 | 洪將軍，講得好！我哋要還政於民！ |

| 泰 | 所以我提議，事成之後，立定年限，效法美式民主共和制度，由人民公舉賢能做總統。 |

| 生 | 同意，上帝面前，人人平等，總統應該由人民公舉。 |

| 宋 | 但係公舉之前，係咪都要先推舉一個臨時大總統呢？ |

鄧　　紀堂老弟出錢出力，由你出任，最啱。

李　　（即起，鄭重地）我李紀堂參加革命，純為民族大義，出錢出力，係我本分，訂購槍械火藥，我可以，策劃安排行動，我都可以，但係一切名分地位，絕對唔係我所想，所以我唔會，亦都唔要做阿頭。洪老前輩喇，呢次行動你係主帥，你做臨時大總統喇！

洪　　萬萬不能，我只係個衝鋒陷陣嘅老粗，呢個位一定要由德高望重、有學問有地位嘅人出任先有説服力。

泰　　紀堂兄、洪老前輩，兩位肝膽仁風，真係佩服。咁我就提議容閎最適合，佢係第一個留學美國嘅前輩，同美國嘅政界、教會關係又好，外交方面會方便好多。

鄧　　容閎佢肯就最好嘞。

昌　　阿泰，咁你就負責寫信徵求佢同意喇。

泰　　好。

生　　但係用乜嘢名目寫呢封信？

洪　　用我哋嘅國號 ——「大明順天國」！

【眾一呆。】

鄧　　我反對！「大明順天國」，太有太平天國嘅影子嘞。

昌　　春魁兄，你又話唔好重蹈太平天國嘅覆轍？

洪　（拿《聖經》，翻開）主耶穌話：「我差你們去，如同羊進入狼群，所以，你們要靈巧像蛇，馴良像鴿子。」〈馬太福音〉都有話喇。我哋呢度全部都係基督徒，係咪？幾多個？（數）一共八個，八大個，即使計埋青山農場嘅弟兄，有幾多個？計埋香港、廣州、芳村所有唔同教會而又肯革命嘅弟兄，幾多個？一百個哩？二百個哩？點夠對付啲清兵？加埋三合會都未必夠喇！所以一定要號召埋太平軍嘅剩餘力量，佢哋好多都仲係對滿清恨之入骨嘅，好多仲係掛住洪秀全嘅。吸納埋佢哋，咁先至夠聲勢吖嘛！仲可以藉機會向佢哋傳講正確嘅福音嘛！呢啲就叫做「靈巧像蛇」嘞！

昌　春魁兄，好嘢，真係寶刀未老。

洪　唔單止咁，由今日開始，我唔叫洪春魁嘞，我要改名，叫做「洪全福」！

葉　咁各地嘅太平軍亦都會歸向你，佩服，佩服！

眾　（拍掌）佩服！佩服！

泰　好，壬庚年大除夕夜，萬壽宮落手。而家剩番錢嘅問題嘞，範圍咁大，一定要有足夠嘅炸藥，紀堂，上次經費都用咗五十萬，今次肯定要更多，慕生，你屋企有間利昌源，你幫唔幫到手？

生　我好想幫，但坦白講，我屋企冇分家，家父嘅生意同財產，全部由家兄打理。但係好慚愧，我同家兄嘅關係唔係幾好……

李　　　（轉向眾）大家放心，經費我哋會搞掂！慕生，過嚟，
　　　　傾兩句呀！（拉開生至一角）聽晚八月十五，咁喇，事
　　　　不宜遲嘞，屋企食完飯之後，約你大哥大嫂嚟我嗰度賞
　　　　月，我有特備節目招待，有戲局呀！大家輕輕鬆鬆，睇
　　　　吓戲賞吓月，容易話為吖嘛。況且，幾年前政府差啲要
　　　　禁東華，全靠你老兄居中斡旋，請何啟說服到班醫官保
　　　　留番東華，講落你大佬仲欠你一個人情。一於咁喇，聽
　　　　晚見，炮台道，我屋企！

生　　　好！

第六場
賞月

時：「議反」翌日晚上，1901 年 9 月 27 日（光緒廿七年，歲次
　　辛丑八月十五日，中秋節，星期五）

地：炮台道李家大宅天台

人：李紀堂（李）、周伯鑾（鑾）、陳順嬌（嬌）、周慕生（生）、
　　傅小紅（紅）

【《平貴別窰》下場鑼鼓。】

【李家天台，擺有桌椅，掛上花燈，桌上有名茶、水果如沙田柚、
天津鴨梨、楊桃、紅柿……月餅、菱角等賞月食品。】

【在讚賞和寒暄聲中，鑾、嬌、李進入天台。】

李　　（已脫除《平貴別窰》薛平貴的頭冠，卸下粉粧，換上便
　　　服，足踏便鞋）失禮晒，失禮晒。

嬌　　好好睇呀！紀堂，我睇咁多次大戲最好睇今次。真㗎，
　　　我冇呃你，我真係好鍾意。I like it. 不過點樣好法我又
　　　一時嗌唔出。

鑾　　《平貴別窰》，薛平貴，好威風啊！（官話）

李　　　威風？（官話）

鑾　　　威風！（官話）

李　　　威威風風？（官話）

鑾　　　威威風風！（官話）

李　　　（笑）化咗粧，着住件靠，插住令旗，係人都威風喇！不
　　　　　過太熱喇，除都除唔切。伯鑾兄、阿嫂，慕生 —— 呀，
　　　　　仲坤，嚟，歡迎光臨我李家寒窰，請。（示意內進坐下）

鑾　　　（禮讓）豈敢豈敢，主人家先。

李　　　好！「俺本為後營都督，今貶為馬步先行。」就等我
　　　　　呢個馬步，先行也罷。（仿劇中彎身內進寒窰）伯鑾
　　　　　兄，請。

【鑾步入，生隨後。】

李　　　（向嬌）阿嫂，到你喇！（示意不妨彎身內進）

【李口數鑼鼓，嬌便模仿李紀堂彎身入窰，但站不穩腳步，由鑾
及李相扶，坐下。】

【鑾、生亦隨而坐下，或憑欄賞月。】

鑾　　　（望四周）半山薄扶林炮台道嘅李家大樓，咁嘅寒窰我
　　　　　都想住啊！

李　　　（斟茶）嚟，飲茶。

嬌　　　噯，花旦呢？

李	花旦落粧係麻煩嘅嘅，隨後便到 —— 到時包你有驚喜！試吓啲月餅，廣州陶陶居嘅，專誠托人帶落嚟。
鑾	已經夠晒驚喜喇，原來紀堂兄咁識做大戲！第時東華要籌款義演，由創院總理嘅公子粉墨登場，一定大收旺場！
李	過獎過獎。
嬌	一定要拍番頭先嗰位花旦噃！
李	哈，你哋班少奶奶，梗係迷住啲花旦嘅！
嬌	你哋男人唔迷咩？
生	班棚面師傅呢？叫埋上嚟一齊賞月呃，大家熱鬧吓吖嘛。
李	佢哋趕住有下一局。今晚中秋，佢哋好旺場呀！
生	（輕聲）經費，點呀？
李	（輕聲）唔使咁心急！（若無其事）哈，乜咁耐嘅？（往梯口向下叫）三姐，咁耐㗎！「頭通鼓不到，重打四十！」
紅	（場外）薛郎稍待，妻呀回來了！（官話）
嬌	把聲真係 sweet，同女人聲一樣，一啲都唔似假聲，真係好嘢。
紅	回來了！（官話，進場）

【紅上場，眾人見是女的，大為驚訝。】

嬌　　乜唔係男花旦咩？

鑾　　點會係女人嚟㗎？

李　　小紅，嚟，過嚟坐喇。

嬌　　咪住！頭先我係彎低身嚟進窨嘅，呢位花旦「姑娘」，
　　　都要啫！

李　　（笑）好，好！三姐，請！（官話）

紅　　如此説，三姐進來也。（官話）

【李口數鑼鼓，紅拗腰內進，功架十足。】

李　　好，好！

嬌　　（欲向鑾讚好，見鑾似不大為然，乃轉向生）真係有名
　　　旦風範㗎！

【二人皆驚嘆，拍掌，惟鑾沒有。】

【紅一旁站着，未敢坐下。】

鑾　　女人唔俾做戲過嘅！法例禁㗎！

李　　呢度係私人地方，而家係自己組局唱戲，又唔係公開演
　　　出，法例唔管得咁多嘅。

鑾　　係啫，但係女人之家點可以做戲㗎？

李　　伯鑾兄，咁你驚唔驚大頭綠衣上嚟拉人呀？

鑾　　咁就唔驚，話晒紀堂兄係太平紳士……紀堂兄，你都幾
　　　反傳統嘅！

李　　唔啱嘅嘢我就反，理得佢傳統唔傳統。小紅，呢位周伯鑾先生，周家大少爺，東華醫院嘅總理，而家仲做埋保良公局總理喺。呢位周夫人，呢位周家二少爺，周仲坤先生，國家醫院嘅醫生。你今晚有福氣咯，喺幾位貴賓面前表演。坐喇，小紅，大家都係我嘅好朋友。

紅　　周老爺，周夫人，周二少爺，失禮晒。（方才坐下）

生　　叫我周先生得喇。你演得好精彩呀。

紅　　過獎喇，周……先生。

嬌　　呢位……姑娘，點稱呼呀？

紅　　小姓傅，叫小紅，叫我小紅得喇。

嬌　　點解你又會識做花旦嘅？

紅　　先父係男花旦……（有點傷感）

李　　佢伯爺本來係戲班嘅男旦，日日都要嗌假聲，後來失咗聲，連啞口梅香都冇得做，只係做得眾人衣箱囉……

紅　　（接）先父收唔到徒弟，就將佢所學，教晒俾我。後來佢過身，啲身後事都係多得東華嘅幫忙。多謝你呀，周大少爺。

鑾　　呢啲事，東華應該做嘅。你要多謝紀堂兄嘅尊翁，佢係創院總理呀。

李　　小紅好乖女，佢伯爺死咗之後，就嚟咗我哋高陞戲院做帶位兼賣香煙糖果，賺錢養家，佢屋企仲有個阿媽，盲咗咯。佢日日返工，日日係咁睇戲，佢好聰明㗎，

睇過邊齣戲、邊個老倌、點樣演法，佢都入晒腦。我好多時返親戲院都會見到佢跟住台上嘅花旦係咁口噏噏，或者直頭匿喺一二角自己郁手郁腳咁做。你知喇，先父開戲院，咁我都想學番一兩手唱做先似啲樣嘛，咁咪同佢熟起上嚟囉。傾吓傾吓，我就索性叫佢同我組局，得閒搵人拍和吓，我當咗小紅係我半個師傅喇。

鑾　　咁點解你唔正正經經拜個師傅？

李　　邊有咁多時間吖？不過小紅真係得㗎，佢啲唱腔、身段、關目、功架，頭先你哋睇到喇？

嬌　　真係好傳神。咁講法，真係女人做番女人先自然得多，唔怪得之頭先睇你演王寶釧，梗係寧舍覺得舒服啲。

紅　　多謝你，周夫人。我自己演嚟都覺得好舒服，我相信如果能夠真係喺戲台上演出，台下嘅觀眾都會覺得舒服，都會鍾意。……我真係希望有朝一日，戲班能夠有女花旦……

生　　（緊接）以至二幫係女嘅，老旦係女嘅，甚至丫環梅香都係女嘅，總之女人嘅角色，就應該由番女人嚟做。

鑾　　乜嘢應唔應該吖？戲班唔准女人入行，男女唔可以混埋喺一齊，通例嚟㗎，大陸係咁，連呢度香港都明文規定唔準，呢啲係規矩，係傳統，一定有佢理由嘅。

生　　理由咪就係睇唔起女性囉！

李　　仲驚有傷風化㗎。其實規矩都係人定嘅啫！

紅	其實聽先父講，最初都有男女同班。後來有一對夫婦檔嘅生旦喺台上演番一對夫婦，親密嘅場面做得比較逼真，當時台下睇戲嘅官大叫有傷風化，戲未做完就將兩個人處斬……咁之後就再冇男女同班喇。
生	乜話？咁都要死？
李	（耍功架）你來來來，此話當真？（官話）
紅	當真。（官話）
李	果然？（官話）
紅	果然。（官話）
李	可怒也！（官話）
嬌	做乜又講返啲古古怪怪嘅官話？So funny！
	係嘞，我最鍾意就係頭先啲曲詞、口白好多都唱番晒、講番晒我哋廣東白話，聽得明吖嘛。
鑾	你庇能屋企咁西化就梗係聽唔明喇，做大戲，唱古腔，講官話，咁先夠味道。
嬌	我諗大部分 audience 都係唔多明，都係估估吓。耐唔中一兩句就幾得意囉，但係成齣戲，仲要係齣齣戲，都係唱晒古腔，噏晒官話，都話廣東粵劇咯，但係自己廣東人反而聽唔明白，so funny！係呀，傅姑娘，我最鍾意你反問薛平貴有乜安家使用嗰段，乜嘢歸來無期話？
紅	「既然歸來無期，可有安家使用？」

210

李　　「牀頭上，有銅錢二百，牀底下，有老米八斗，窰門外，有乾柴十擔，留回三姐，做安家使用罷！」

嬌　　係喇係喇，我最鍾意就係你連續三句反問薛平貴有冇安家使用嗰幾句：「有冇？有冇？有冇？」。係吖嘛，一聲話出征啫，就咁就揼低個老婆，咁你都要安置好先得㗎嘛！

生　　唔止反問，直情係質問、追問，係迫問。傅姑娘，我最欣賞你嗰種苦笑，真係笑出咗王寶釧嗰種唔甘心、唔服氣……

李　　人哋《平貴別窰》個三姐唔係咁嘅，第啲花旦做得比較無奈，小紅你再試吓。

紅　　「又怕磨水都不夠。」

李　　第啲花旦冇小紅佢演得咁有力㗎。

紅　　係呀，我係想演得三姐強一啲，主動一啲，就好似周先生咁講，王寶釧應該係唔甘心、唔服氣嘅。

嬌　　大戲裏面啲女人太慘嘞。

鑾　　如果嗰陣有東華、保良，王寶釧咪唔使咁慘囉！（眾笑）

嬌　　係囉，尤其你用番我哋話講，幾咁傳神，幾咁迫真？我而家明白點解我話睇咁多次大戲最好睇今次喇，原來就係……

生　　「貼近生活」！

嬌　　係喇！「貼近生活」！

紅　所以我同李大哥講，我哋自己埋局做嘅戲，橫掂都唔係公開演出，試吓之嘛，咪試吓唱番多啲白話，少啲官話古腔，用番多啲真聲，少啲假聲，咁先自然！

【鑾獨自走開賞月。】

生　做戲要貼近生活，先至容易引起觀眾嘅共鳴！

紅　我唔識㗎，我只不過發夢第時粵劇或者應該係咁之嘛。好慚愧，我未讀過書㗎。

嬌　咁就真係叻女嘑！咁啲劇本曲詞咁多字你點識睇？

紅　日日睇咁多戲，咪係咁聽係咁記囉，然後就攞啲戲匭呀、劇本呀嚟對吓，對對吓就認得啲字。

嬌　真係聰明。

李　仲好好學嘛。嗳，伯鑾兄，過嚟食個沙田柚，有啲嘢想……

鑾　唔咯，食唔落。係嘞，時候都唔早，唔阻你休息，我哋都要告辭……

李　唔係嘛？咁早走？難得今晚一齊賞月，夜啲先走吖，傾多陣吖嘛。

鑾　聽朝一早有事要辦……

嬌　係呀，係保良嘅事……（鑾示意不好說下去）

生　大哥，本來紀堂兄仲有事想同你……

李　　（向生示意急不來）咁呀，若果伯鑾兄聽朝早有事辦，咁小弟唔好意思強留。好，請便，早啲休息，唔係聽朝唔知醒，「二通鼓不到，重打八十！」（笑）不過仲坤可以多留一陣？

鑾　　咁我哋就先告辭喇。

【鑾與嬌向李道別，嬌向紅握手，下場。】

李　　慕生，頭先嘅情形你睇到㗎喇，你大佬今晚唔係咁開心，講極都埋唔到欄，監硬嚟咪盞仲弊，捐獻嘅事唔急得嘅，唯有再搵過機會喇。不過，你同小紅都幾好傾吖！（示向紅）夜喇，小紅嘅媽等緊佢，細佬，幫個忙，送小紅返屋企。

生　　吓？

第七場
救孤

時：1901年9月28日（光緒廿七年，歲次辛丑八月十六日，中
　　秋節翌晨，星期六）

地：三角碼頭

人：周伯鑾（鑾）、昭蘭（蘭），拐匪：甲（拐甲）、乙（拐乙），保
　　良「暗差」：一（差一）、二（差二）

【翌日，黎明，上環海旁三角碼頭，暗角裏堆放着一些雜物（垃
圾、卸貨後的一個個竹籮⋯⋯）。天色魚肚放白，海風微吹，海
浪濺起，四周無人。驀地，兩名苦力（拐匪）抬着重甸甸的一個
竹籮到來，放下，鬼祟祟地察看環境。拐匪甲按着掩蓋，看守着，
惟恐它會自行溜走似的。拐匪乙走到碼頭沿，焦急地望出海面。
不一會，海面傳來電船聲，由遠而近。】

拐乙　　船到喇！

【拐匪乙急回竹籮處，打開掩蓋，與拐匪甲合力把裏面綁着手、
罩着眼、封着嘴的姑娘揪出來，姑娘不斷掙扎着。】

蘭　　　呀、呀⋯⋯

拐甲　　仲郁？信唔信我喺你塊面度剝幾刀？

拐乙　　　　你傻嘎，唔好亂嚟！如果唔係，山打根嗰邊收貨嘅時候話貨不對辦，咁我哋就論盡嘞。

【拐匪甲、乙正要拉着姑娘走，暗角裏跳出了保良暗差二人，手拿木椎，吹響銀雞。拐匪甲、乙急忙轉身欲逃。】

差一、二　　（喝叫）咪走！保良暗差！

拐甲　　　　（拔出小刀）唔好埋嚟呀，最多攬住死咋！

拐乙　　　　（拔出小刀）你枝木棍大碌啫，但係唔夠我哋把刀仔利！

差一　　　　試過至知！

【差二拼命吹銀雞。】

拐甲　　　　（低聲向乙）撇咯！（轉身便逃，向海邊大叫）有保良暗差呀，快啲走頭！

【海面傳來電船聲，由近而遠。】

【兩暗差欲追，鑾從暗角出來喝止。】

鑾　　　　　算喇，窮寇莫追，救人要緊。

【兩暗差連忙為蘭鬆綁，除下眼罩……蘭依然非常驚恐。】

差一　　　　唔使驚，姑娘，班拐子佬走咗喇。

差二　　　　周總理真係好嘢，估到今朝喺呢度三角碼頭會救到人。

鑒　　（提醒輕力鬆綁）小心啲……班拐匪諗住琴晚中秋，人人都做節賞月，今朝一定唔知醒，以為街上靜蠅蠅，係落船嘅好機會囉。辛苦兩位喇，天未光就要起身，我琴晚啲月餅都仲未落隔。

差二　　保良總理當中，最落力都係你……（正要撕開膠布……）

鑒　　（細心）噯，因住，慢慢……

蘭　　（仍然驚恐）我唔要去山打根……

鑒　　唔使驚，姑娘，而家冇事喇。我係保良公局嘅總理……你聽過保良公局未呀？

【蘭搖頭。】

鑒　　唔緊要，嚟，（拿出總理牌子）呢塊係政府頒俾我哋嘅總理牌。

【蘭望着兩暗差。】

216

鑒　　呢兩位係我嘅伙計，係保良嘅暗差，（向差一、二）攞你哋嘅憑照俾姑娘睇吓，等佢安心啲。

【差一、二拿出憑照。】

蘭　　（放下戒心）我唔識字。

鑒　　你叫乜名呀？

蘭　　我叫昭蘭。

鑒　　咁你姓乜？

蘭	我都唔知我姓乜，我係個孤女，我冇屋企。
鑾	出嚟先講！嗱，保良公局係社會上一班有心人成立嘅社團，專係保護你哋呢啲無依無靠嘅婦孺，打擊啲拐賣人口嘅非法活動。你而家跟呢兩位先生返去我哋普仁街嘅廣福義祠先，嗰度會有人安置你㗎喇。我仲有其他事要辦……
蘭	我冇錢交租㗎！
差二	唔使俾租㗎，傻女，嗰度俾你食、俾你住，仲有書讀……
蘭	（疑惑）唔使錢？
差二	係慈善，全靠周先生佢哋班總理，出錢又出力……
差一	遲啲仲安排埋你嫁人㗎喎！
蘭	（擔憂）我唔要嫁人！
鑾	嗰啲係以後嘅事，慢慢先諗喇。
蘭	（跪下叩頭）先生，你真係好人。
鑾	好喇，跟呢兩位先生返保良先喇。

【差一、二和蘭正要起行，蘭忽然回過頭來……】

蘭	周老爺，你屋企收唔收妹仔？
鑾	吓？

第八場
約會

時：三周後，1901 年 10 月 20 日（光緒廿七年，歲次辛丑九月
　　九日，重陽節，星期日）
地：黃泥涌香港基督教墳場 6348 號無名碑前
人：周慕生（生）、傅小紅（紅）

【清晨六時半，秋高氣爽，晨光和煦，鳥兒樂唱。生獨在無名碑
前，焦急張望，似在等人。碑前已放有一束鮮花。紅入，手拿一
大袋嘉應子，見生，急步上。】

　紅　　　周先生，對唔住，遲咗喺。

　生　　　傅姑娘，你冇遲呀，（看錶）六點半，好準時！係我早
　　　　　到之嘛。

【靜默片刻。】

　生　　　唔好意思，約你咁早，我仲驚你唔會嚟。

　紅　　　唔早，我練完功先嚟嘅，我朝朝都好早起身。

　生　　　練功？

紅　　梗係要練功喇，吊嗓子喇，壓腿喇，踢腿喇，拗腰喇，呢啲基本功，一定要日日做，最好仲係一早做，咁最有用。

生　　但係都冇機會俾你演⋯⋯

紅　　喺台上演活一個角色，呢個係我嘅夢。而家女人唔准入戲班啫，難保將來唔會變㗎？我想信呢個世界一定會變嘅！唔知幾時會解禁，到時男女可以同班，咁，或者我就會係第一個女花旦呢？

生　　好，到時我一定坐喺大堂前第一排，好好欣賞。

紅　　多謝。

【靜默片刻。】

紅　　（遞上涼果袋）送俾你食嘅，嘉應子！

生　　（接）咁大袋！

紅　　一 次 過 俾 一 大 袋 你，唔 使 你 次 次 啲 嘟 啲 嘟咁買。

生　　幾多錢？

紅　　傻喇，你成日嚟高陞睇大戲都特登幫襯我買嘉應子，我都已經賺你唔少喇。今次我請你。

生　　多謝。（即放一枚入口）唔，好好食⋯⋯（誰知説話當兒，把整粒嘉應子也吞進了⋯⋯）唔、唔⋯⋯

紅　　你冇事呀嘛？

生　　⋯⋯冇事！呢度難唔難搵？你又唔俾我嚟接你！

紅　　唔難，6348 號吖嘛，我跟住號數數，好易搵啫。我梗係唔俾你嚟接我喇，堂堂周家二少爺、周大醫生喎，我點受得起？

【靜默片刻。】

生　　（頓）我驚你唔會嚟。墳場，我第一次約你就約你嚟墳場，你唔驚咩？

紅　　唔驚！人始終都會死㗎。係就係覺得特別啲。不過呢度係跑馬地香港墳場，葬嘅係啲英國人同達官貴人，唔係普通人可以葬得入嚟㗎，我嚟睇吓，見識吓，夠好咯。而且今日係重陽節，係我哋中國人掃墓嘅日子，我嚟咪順便向啲外國先人表示吓敬意都好㗎……

【靜默片刻。】

220

紅　　係呀，呢度啲墳墓同我哋中國人拜嘅山墳唔同，好多墓碑都有個十字架，或者有啲天使嘅雕像。講真吖，我覺得呢度好自在，好平安咁。

生　　呢個係基督教墳場，葬喺度嘅都係基督徒。

紅　　點解呢個碑冇名嘅？只有 6348 嘅編號……

生　　呢個係無名碑，但係葬喺度嘅人係有名有姓。

紅　　你識得佢咩？

生　　識，仲好熟㗎。佢叫做楊衢雲。

紅　　楊衢雲？但係點解唔刻個名上去？連生卒年份都冇，條柱頂又崩咗……

生　　唔係崩咗，係特登整成咁，係死於非命嘅意思。楊大哥係俾清廷暗殺。

紅　　哦！

生　　佢係第一個革命組織興中會嘅首任會長，同孫文一齊搞革命，要推翻滿清政府！

紅　　噢，孫文……我聽過吓。俾清廷通緝㗎嘛？早幾年好似喺英國差啲有命……

生　　好多人都識得孫文，但唔係咁多人聽過楊衢雲。呢，六年前嘅今日，重陽節，就係佢同興中會一班弟兄一齊策動喺廣州嘅第一次起義。

紅　　哦！所以你今日係喺呢度紀念「起義」嘅六周年？

生　　係。但係亦都係失敗嘅六周年。

紅　　咁清廷就派人暗殺佢。

生　　仲未，楊大哥佢哋唔會一次失敗就甘心放棄，跟住佢又組織惠州起義，又派人炸兩廣總督署府，於是就喺今年年頭俾清廷派槍手喺佢結志街屋企將佢「呯、呯、呯」三槍殺死，到而今都未夠一年。楊大哥係我哋香港第一個為革命而犧牲嘅人。

紅　　乜你哋班人唔怕死咩？

生　　係佢哋。嗰兩次起義，我仲未加入。

紅　　你「仲」未加入！跟住就有第三次起義，你會加入，乜你都唔怕死咩？

生　　你頭先都話，「人始終都會死㗎。」冇錯，人畢竟都唔想死。即使係耶穌，佢都唔想死，但係佢明白死係為咗要救贖世人，於是就毅然擔起十字架嘅重擔，冇逃走，冇反抗，一步一步，步向死亡。如果死得有意義，咁死都會係好坦然，就好似你頭先話覺得呢度墳場好自在，好平安。

紅　　你講得好好，尤其喺咁多十字架下面聽你講革命，都係第一次。（深吸一口氣）其實喺大戲裏面我都睇過唔少甘願犧牲嘅故事，但嗰啲都係故事，或者係好耐以前嘅事，估唔到而家就喺我腳下面嘅人，喺我面前嘅碑，係真人真事⋯⋯

生　　佢本來知道有人要殺佢，但係佢冇走到，佢甘願犧牲。（激動）所以呢個碑本來唔應該係無名碑，而係應該要大字刻上，大書特書，俾人知道，俾人憑弔，俾人景仰！

紅　　點解唔咁做呀？

生　　因為我哋唔敢咁張揚，我哋仲要顧住楊大哥嘅家人，顧住其他嘅弟兄，顧我哋仲要做嘅好多事。結果，唉！碑葬無名！（哀號）

紅　　（安慰）周先生，楊衢雲個名一定會俾人記得嘅。

生　　所以我哋唔會放棄。我哋策動緊第三次起義，現在招募緊其他人加入。

紅　　咁你哋而家有幾多人？

生　　一、二百喇。

紅　　仲少過坐邊位嘅觀眾！

生　　我係指核心嘅人，到有事需要動員嘅時候，都有一、二千嘅。

紅　　連一台戲嘅觀眾都冇！我都憎死滿清嘅腐敗皇朝，我都想佢被人推翻，但係得嗰一、二千人，點可以……？

生　　傅姑娘，我又學你講嘞，「呢個係我哋個夢。」三次，四次，十次…… 終有一次會成功，呢個世界一定會變。

紅　　你今朝已經三次學咗我講嘢咯喎！

生　　係咩？（數算）「人始終都會死㗎」、「自在、平安」、「夢……」，係㗎。或者我哋都係鍾意發夢嘅人！（笑）

紅　　發夢？係嘅，我真係好鍾意發夢。其實我仲有一個夢……喺粵劇裏面嘅花旦角色，大多數都係俾人蝦，都係受委屈嘅可憐弱女，就講嗰晚你睇嘅《平貴別窰》喇，王寶釧俾父親逐出家門，丈夫出征，仲要獨守寒窰，佢能夠做嘅只有等，等，等薛平貴凱歌歸來。佢除咗等等等佢仲可以做啲乜？至於《金蓮戲叔》，仲慘啼，潘金蓮嫁咗俾武大郎已經慘嘞，仲要演成係一個勾引二叔嘅蕩婦！仲有……仲有好多好多……唔好意思，輪到我發嚕嘛，但我嘅意思係，點解女人嘅角色都係咁可憐？點解佢哋嘅一生都係俾人安排晒？我嘅夢就係：我希望將來有啲新嘅花旦角色，係能夠改變女人嘅命運！我希望女人喺舞台上面唔好咁多唉聲嘆氣，而係可以同男人一樣，慷慨高歌！（透一口大氣）……我係咪發得太多夢？我有冇悶親你？

生　　（猛搖頭）唔悶，唔悶，好好聽呀！

紅　　我真係發夢㗎咋！唔似得呢位楊先生，仲有你哋，有實際嘅行動。

生　　咁你會唔會介意我今朝同你講咁多楊衢雲嘅嘢，同埋起義嘅嘢？

紅　　我點會介意呢？你講咁多嘢俾我聽，其實係對我嘅信任，你唔嫌棄我係一個喺戲院嘅帶位，講咗咁多、教咗咁多嘢俾我知，我要多謝你先至真。我係一個潦倒、失敗嘅男花旦嘅女，你就係一位大有錢佬、大醫生⋯⋯

生　　其實你夠教曉我好多嘢喇，原來大戲都一樣要革命！（笑，靜默片刻）我成日都好想講楊衢雲嘅事俾人知，又唔敢隨便講，嗰晚識咗你，我就覺得我要講俾你聽。

紅　　所以你就約我今朝嚟呢度？

生　　係。

224

紅　　咁你有冇講俾李大哥知？

生　　我大哥？

紅　　（笑）係李，唔係你，李紀堂大哥呀！

生　　紀堂？講俾佢知我約你嚟呢度？

紅　　唔係呀，係講俾佢知起義嘅事？

生　　邊使講？佢都有份參加。你叫佢做李大哥？

紅	係呀，佢話唔准我叫佢做老闆，如果唔係就唔同我做戲喎。我真係唔知幾生修到，竟然有咁嘅大人物陪我一齊發粵劇嘅夢，咁唯有大膽啲叫佢李大哥囉。
生	咁你都大膽啲，叫我慕生哥。
紅	（有點面紅）乜你唔係叫周仲坤咩？嗰晚李大哥都係咁叫你㗎？
生	因為我大哥喺度吖嘛。我受咗洗之後，改咗名叫慕生，追慕新生。
紅	新生？好吖。
生	下次我唔約你嚟墳場，我約你星期日去道濟會堂。
紅	道濟會堂？
生	係我間教會，喺荷里活道，紀堂都係呢間教會㗎，到時我再介紹多啲弟兄姊妹俾你識吖。
紅	睇吓點先喇……我要走喇，我仲要返去照顧我阿媽。
生	咁我陪你走吖。
紅	唔使喇，下次先喇！
生	下次？

第九場
決裂

時：兩個月後，1901 年 12 月 22 日（光緒廿七年，歲次辛丑
　　十一月十二日，冬至，星期日）
地：周家般含道新大宅
人：周伯鑾（鑾）、陳順嬌（嬌）、昭蘭（蘭）、周慕生（生）、傅
　　小紅（紅）、張媽（張）

【是日冬至，張媽正在祖先供桌擺放所需用品及雞、燒肉等，昭
　蘭則在飯桌預備開飯。】

張　　好咯。昭蘭，你真係好腳頭，隻腳一踏入咗嚟周家第二
　　　　日啫，大少爺就買到譚馬士先生間屋，搬咗上嚟般含
　　　　道，還咗佢心願咯。

蘭　　（若有所思）張媽，未到食飯，點解咁早擺位嘅，乜唔係
　　　　喺飯廳食飯咩？

張　　你唔知㗎喇！今日做冬，大少爺好緊張，擇咗時辰話依
　　　　家係吉時，要食翅先。

蘭　　客人個位擺喺邊度？

張　　嗰度喇。（指示位置）噯，昭蘭，做乜好似有心事？

蘭　　哦，冇嘢呀。

張　　我明嘅，今晚做冬，所謂做冬大過年，你一個人冇人冇物，嚟到都係三個月啫，係會有啲感觸嘅。

蘭　　唔係，我唔知幾有福氣，得周家肯收我做妹仔，大少爺、大少奶、二少爺同你張媽個個又對我都咁好，我都唔知幾生修到。做冬？我以前都唔知係乜。

張　　咁佢哋一家人係好好嘅。尤其大少爺，佢真係擺成擔心機喺東華同保良幫我哋啲窮人㗎，唔係淨係就咁捐錢就算數㗎。

蘭　　大少爺好好人，直頭就係我恩公。可惜同二少爺好似唔係幾啱。

張　　今晚唔會喇，二少爺終於帶個女仔返嚟食飯。叫得人返嚟屋企過節，梗係對人有意思喇。咁就好咯，二少爺份人咁新思想，都識得帶個女仔返嚟俾大少爺見吓，可見得佢都係好尊重個大佬嘅。兩兄弟，冇嘢嘅，仇人咩？都同埋一條腸出嘅！希望食過呢餐做冬飯，佢兩兄弟好返就好咯。

蘭　　個女仔你識唔識？

張　　唔識喎。二少爺自細由我湊大，佢好多嘢都同我講嘅，係呢樣就密實到死。佢淨係同我講過，第一次約人出嚟，你估約喺邊度？

【蘭搖頭。】

張　　喺墳場呀！大吉利是！

蘭　　墳場？（呆想了一陣）

張　　講出嚟你都驚呢！

蘭　　……我又唔係咁諗。你話如果有人約我去墳場，咁我梗
　　　係好驚喇，咁佢一定叫我唔使驚，話會保護我，照顧我
　　　—— 或者仲講，會照顧我一生一世……

張　　咁你都諗到？

蘭　　我發夢啫。（若有所思，思緒徘徊於現實與夢境，渴慕
　　　與欣慰之間）

【鑾與嬌入，嬌似說服了鑾甚麼似的。】

張、蘭　　大少爺，大少奶。

張　　大少爺，拜得祖先喇。

嬌　　張媽，你入去廚房睇住煲翅先，庄香嘅嘢有昭蘭喺度得
　　　嘞。

張　　拜祖先嘅嘢，昭蘭唔熟手喎。

嬌　　叫你入去就入去喇。（示意蘭來供桌）

【蘭侍候鑾、嬌上香、奠酒。嬌向鑾示意。】

嬌　　蘭，你都庄喇。

蘭　　我都庄？

鑾　　叫你庄就庄喇。

【蘭戰兢地上香。】

【生與紅入，手拿着《聖經》。】

生　　（氣喘、興奮）大哥、大嫂，唔係遲好多吖嘛？主日學遲咗少少完。我帶埋小紅返嚟食飯，好嗎？

【鑾、嬌見原來是紅，大感詫異。鑾不語。】

嬌　　啊！原來係傅姑娘……等我同伯鑾仲諗咗成日，估係邊個嚇。

紅　　周大少爺，周夫人。對唔住呀，咁晏先到。

嬌　　冇相干嘩！歡迎，請坐。係喎，今日係禮拜日，我掛住預備做冬啲嘢，都唔記得返教會嚇。昭蘭，招呼呢位傅姑娘喇。

生　　小紅，呢位係昭蘭，新嚟嘅……「女傭人」。昭蘭，呢位係傅小紅小姐。

紅　　昭蘭姐。

蘭　　傅小姐。

紅　　唔敢當，叫我小紅得嘞。

【眾坐，紅不敢坐。】

嬌　　二少，嚟喇，庄炷香「紀念」祖先喇。Ancestor worship 呀！

生　　「紀念」，係，「紀念」。（乖乖地上香）

鑾　　坐喇，都嚟咗咯，食餐便飯囉。

【張拿着一大窩翅出。】

張　　　翅嚟喇！

生　　　張媽，呢位係傅姑娘。小紅，呢位張媽，係佢湊大我㗎。

張　　　啊，傅姑娘。（仍拿着翅，站在桌旁）

紅　　　張媽。

嬌　　　張媽，仲唔放低窩翅？

【張方才曉得放下。】

張　　　（向二少）真係有眼光呀！

鑾　　　（盛了一碗翅，恭敬地奉在祖先供桌。稍頓，回向紅）
　　　　傅姑娘，食飯前同我哋做番一齣乜嘢戲咁哩？

生　　　大哥，小紅今晚係嚟做客人，唔係嚟做戲。

嬌　　　係係，客人。都好，多個客人喺度，熱鬧啲，高興啲。
　　　　咁若果多個屋企人喺度，咪仲熱鬧，仲高興？

生　　　（表錯情）冇咁快……今晚只不過第一次……

嬌　　　（囑張）擺多個位。

張　　　咪擺晒位囉？仲要擺多個呀？

嬌　　　係呀！叫你擺就擺喇！

張　　　吓？……哦……（不解，搬椅，入內拿碗筷）

嬌　　　（向鑾）而家講都好嘅，今晚咁人齊，又係做冬。

【鑾分翅。張出，擺好位。】

嬌　　　昭蘭，過嚟！坐喇。

蘭　　（面紅，低頭）我唔敢呀，大少奶。

嬌　　昭蘭，叫你坐就坐喇。唔使驚嘅，傻女！

【蘭坐。嬌示意鑾分翅。】

鑾　　（分翅）蘭，呢碗你嘅。

【蘭站起，表示不好意思。】

嬌　　坐低喇。唔使驚㗎，傻女！（向鑾）伯鑾，講喇！

鑾　　今日係冬，我有事宣佈，我同阿嬌商量過，我會正式娶
　　　阿蘭入門。當然，阿嬌，周伯鑾夫人仍然係你。而阿
　　　蘭，到時你仍然叫番大少奶做大少奶。

嬌　　咁到時你真係我嘅「蘭妹」喇。

鑾　　不過，阿坤到時你就要改口叫細嫂喇。

生　　吓？咁即係娶妾侍？大嫂你……

嬌　　係，呢個係我嘅意思，都好嘅，而家你大佬咁忙，又
　　　要睇實「利昌源」，東華、保良又有咁多嘢要理，而家
　　　仲話要搞多幾間義學，到時仲要時時去學校巡視，做
　　　supervisor 喎，咁辛苦咯，搵多個人服侍吓都好嘅。何
　　　況，都咁多年咯，我都已經唔細喇，坦白講都好難……

鑾　　嬌——

嬌　　伯鑾佢咁多應酬，有時我都陪唔到佢咁多，即使陪到，
　　　要同咁多人傾偈，我都講唔到咁多嘢喇。多個人出席吓
　　　嘅場面係好好多嘅。如果唔係，成班總理都帶住有兩、
　　　三個喺身邊，係得你大哥來來去去都得我一個，又唔係
　　　幾好嘅。

生　　但係昭蘭……

嬌　　昭蘭呢個女仔我都好鍾意，夠大方，唔會失禮伯鑾，最緊要仲係個人夠純品。

生　　昭蘭你點諗——

鑾　　阿蘭你點吖？雖然大少奶同你講過啫，但係如果你而家話唔鍾意嘅，我唔會勉強你嘅，冇相干，咪繼續留返喺周家做嘢囉！

紅　　昭蘭姐！

鑾　　咁啱傅姑娘又喺度嘞，大家都係女仔，咪講白你嘅心意囉。

紅　　係囉，昭蘭姐，你咪講清楚你點諗囉，唔使驚嘅。

蘭　　（望着生與紅一對，是羨慕；望着鑾，又是感激）我唔識點講……我都唔知應該點樣報答你，大少爺，如果冇你喺碼頭救返我，我都唔知……大少爺，多謝你收容我……（欲叩頭，嬌忙扶起）大少奶，多謝你留我喺周家，你又對得我咁好，我……（哭，叩頭）

嬌　　（扶起）好咯好咯，唔使喊嘅，傻女。咁我哋以後就係姊妹喇。

【蘭仍不斷哭泣。】

嬌　　張媽，你扶昭蘭入去洗個臉。咁就安樂晒咯！一家人一齊做冬，嚟，食翅先呢。

【各人吃翅。生與紅互打了一個眼色。】

生　　大哥，既然你就快又做新郎哥，喜事快來，我希望你能夠做多一件好事。

鑾　　乜嘢事？

生　　其實嗰晚喺紀堂度賞月，紀堂本來已經想同你講，點知你要早走。都好，原來第朝就救返昭蘭，做咗一件大好事。所以我想你做多一件好事。

鑾　　究竟咩嘅事？

生　　（望紅，得她鼓勵）我同紀堂，同埋謝纘泰一班弟兄準備為中國人做一件大好事，紀堂已經答應再攞五十萬出嚟，但係仍然唔夠，所以希望你可以捐助我哋。

【鑾不語。】

嬌　　乜嘢大好事呀？要咁多錢嘅？

生　　革命！

嬌　　乜話？又試革命？今日大節流流，唔好講埋呢啲嘢！

生　　就係大時大節，先要講大事。

嬌　　大事？真係好大件事呀，革命噃！咁咪即係要推翻朝廷？即係作反？你唔怕死咩？乜你哋班人唔怕死咩？

生　　大嫂，有時做事係要付出代價嘅。你都係基督徒，耶穌都要死喺十字架喇，早期嘅基督徒，好多都係犧牲咗喇。

嬌　　而家唔係殉道喎，係作反噃。我都有讀《聖經》㗎，我唔記得邊度講，話乜嘢做僕人嘅、凡事都要存敬畏嘅心順服主人。

生　係〈彼得前書〉。對於神，我哋係僕人，對於政府，唔通我哋甘願永遠做奴才？（問紅取《聖經》，揭開）大嫂，你聽，〈詩篇〉72篇第9節：「他必為民中的困苦人伸冤、拯救窮乏之輩、壓碎那欺壓人的。」（再翻《聖經》）〈詩篇〉94篇第16節：「誰肯為我起來攻擊作惡的？誰肯為我站起抵擋作孽的？」

嬌　你講到咁，我真係冇嘢好講。

鑾　咁俾我講，我有嘢要講。（站起來）我唔會支持！所以一個仙我都唔會俾你，（鄭重地）第一，係「第一」，你係我細佬，我嘅親細佬，我唔想你死！周家只得我哋兩兄弟咋！第二，我唔係李紀堂，我哋老竇唔係李陞，係周禮田，冇李陞咁多錢！係，我哋都好有錢，但嗰啲錢係阿爹幾經辛苦創業搵番嚟嘅，所以我先至要好小心啲錢，我唔敢講我有本事超越阿爹，但係我一定、一定要守住阿爹留俾我哋嘅產業，我哋堂堂周家嘅產業。我仲希望能夠發揚光大，振興實業！周禮田唔似得李陞咁好命，有八個仔，一個仔掉晒副身家都仲有其他七個仔、七副身家！第三，成日講革命，講就易，你估講就得咩？革、革、革，黃巾夠話革命喇，黃巢夠話革命喇，張獻忠夠話革命喇，革成點吖？有幾多個劉邦同李世民吖？革得唔好會禍國殃民㗎！唔好又話我講番班長毛賊嘞，「太平天國」喎，個名夠晒好聽喇？革成點呀？革死咗中國成千、百萬人呀！佢仲係基督徒㖭嘛！（嬌欲解釋）嬌，你唔使解釋，我唔識乜嘢真信徒定假信徒，乜嘢邪教唔邪教，總之佢哋都係信耶穌！（生欲辯，鑾緊接下去）第四，清朝係腐敗呀，但係咪腐敗到非要推翻佢唔得呢？推翻咗又點？你哋有冇諗過？唔

好咁天真喇！（生又欲辯⋯⋯）而家朝廷冇改革咩？冇錯，縱容義和團，向八國聯軍開戰係慈禧嘅大錯，但係佢已經下詔罪己喇！你班人仲想點呀？今年年頭又已經頒諭要變法、行新政嘞！呢，而家籌辦新政嘅政務處都已經設立咗咯，聽講就嚟又會下詔禁止婦女纏足咪！呢啲唔係改革咩？點解我哋唔俾啲機會佢呢，點解唔可以慢慢改？張謇講得啱：「得尺則尺，得寸則寸。」點解一定要咁極端搞革命？⋯⋯

生　　大哥⋯⋯

鑾　　仲有，你本《聖經》話乜嘢要為困苦人伸冤，要拯救窮乏之輩，我而家唔係做緊咩？東華、保良唔係做緊咩？不過，醫病、殮葬、保護婦孺都係未夠，我仲要發展教育，辦多啲義學，培養多啲人才，我要學南通嘅張謇，興實業，辦學校，救國家！我唔會革命，亦都唔會支持革命，我要留番啲錢，做更有意義嘅嘢。（舒一大口氣）講完嘞！我今日心情好，唔想同你拗，食翅喇！（掉頭便欲走回房內）

生　　大哥！我今日心情都好好，我都唔想同你拗，我只係想同你講得清清楚楚啫！

【鑾停下。】

生　　第一，我知你關心我，唔想我死，但係我唔怕死，呢啲係我嘅意願，我希望你尊重。第二，我再同你講多次，太平天國有佢失敗嘅原因，洪秀全有佢個人嘅野心，佢太多空想，佢唔係真嘅基督徒，佢嘅革命革得唔好，唔係表示我哋唔需要革命。第三，⋯⋯（一時窒住）

紅　（急步往生處提醒）唔要有皇帝。

生　係，我哋唔係只係要推翻清朝，改朝換代，我要推翻封建嘅帝制，然後建立共和，由人民公選總統，因為上帝面前，人人平等，每一個人都應該係自己嘅主人！第四，清朝已經腐爛透喇，你仲對佢存有幻想？由《南京條約》、《天津條約》、《璦琿條約》、《北京條約》、《煙台條約》、《伊犁條約》、《馬關條約》，到而家嘅《辛丑條約》，我哋被迫簽咗幾多條喪權辱國嘅條約呀？仲要簽多幾多條吖？呢次要賠款四億五千萬兩白銀，計埋利息成十億兩咁滯！你淨係識話周家嘅財產，咁國家嘅財產，人民嘅財產呢？司法冇主權，海關稅要外國人嚟徵收，港灣俾人強租，勢力範圍俾人任分，而家《辛丑條約》仲要撤走晒京畿嘅國防，我哋堂堂嘅中國仲有冇主權？咁嘅政府你仲等佢慢慢改，仲可以慢慢改咩？仲信佢會改咩？等如阿爹隻糖尿腳已經爛透晒，你仲唔捨得割，結果咪爛匀全身，仲邊有得救？

236 鑾　（怒）我唔准你再講阿爹嘅死！

張　二少爺，唔好再講喇。

嬌　好喇，好喇，一人少句，昭蘭過嚟食翅！

生　好，我唔講阿爹，我講昭蘭！我嘅未來細嫂！你做東華，扶危救傷，搞保良，保赤安良，係好事，但係好事以外，係咪仲要省靚你名流嘅招牌？所以咪要娶番個妾侍，顯吓你嘅地位同派頭？

鑾　我娶昭蘭，係佢願意，我冇迫到佢，而且仲係你大嫂……

生　　佢可以話唔願意咩？（紅細語和應：係呀⋯⋯）

鑾　　你講咩？

紅　　（低聲）佢都冇話願意！

鑾　　呢度唔輪到你講嘢！

生　　點解唔講得？你都話大家都係女仔，最好咯，可以講
　　　心事！

鑾　　心事？佢咪講咗囉！

生　　講咗？佢只不過想報答你咋！

蘭　　係呀！係真㗎！我真係願意㗎！老爺冇迫我，亦都冇氹
　　　我。大少奶一提出，我就應承咯。我發夢都冇估到，我
　　　昭蘭有咁嘅福氣，只可惜我冇阿爸阿媽，如果唔係佢哋
　　　都唔知幾開心；老爺佢太好人喇，我做牛做馬都會跟佢
　　　一世，我呢一世都係周家嘅人。

紅　　佢係好人，但唔係愛人！昭蘭姐，做牛做馬唔等於做
　　　「妾侍」，仲要嫁俾一個大你廿幾年嘅男人做妾侍！你知
　　　唔知乜嘢係自由戀愛呀！

鑾　　太放肆喇，你估你係邊個，一個戲院嘅帶位妹，竟然喺
　　　我周家大發議論？

生　　係戲院嘅員工，係帶位員，唔係妹仔！

蘭　　你哋唔好嘈咯，二少爺，傅姑娘，我唔介意做妾侍！

生　　你唔介意做妾侍，（向嬌）你又唔介意個丈夫有妾侍，
　　　如果人人都係咁樣甘為奴婢，唔想做番自己嘅主人，

咁中國點會有進步？大哥，你既然要保護婦孺，捉拿拐帶，點解又要收妹仔，咁同販賣人口有乜分別？點解又要納妾侍，咁同淫人妻女有乜分別？

嬌　二少，你太過分喇！

鑾　（大怒，掌摑）乜嘢販賣人口、淫人妻女咁難聽？大家你情我願，你好我好，收妹仔係合法嘅買賣，娶妾侍係合法嘅婚姻！你而家同佢行埋一齊，你係醫生，佢係帶位，我唔信有愛情！咁唔係二世祖玩女人係乜？咁唔係淫人妻女係乜？

紅　你睇錯你細佬喇，佢唔係。

鑾　我冇睇錯佢，我都冇睇錯你，做花旦？「慕生哥」？冇錯喇，你就係做緊妲己，當我細佬係紂王，迷惑佢！想飛上枝頭，嫁入我周家！

紅　你……

238 生　小紅，我哋走！

【生、紅奔門而出。】

張　（欲追出）二少爺……

蘭　傅小姐……

鑾　唔准追！

第十場
斜路（下）

【上接第三場】

時：一年零一個月後，1903年1月21日（光緒廿八年，歲次壬寅十二月二十三日，星期三，大寒），「大明順天國」計劃起事前一周

地：斜路上

人：周慕生（生）、傅小紅（紅）、周伯鑾（鑾）、李紀堂（李）、王振初（王）、轎夫甲、轎夫乙、挑夫甲、挑夫丙

【過場二：播映中、上環斜路上有關地方的今昔照片／錄像：國家醫院、普仁街東華醫院、太平山街廣福義祠〔今百姓廟〕、保良局原址及今址、荷李活道道濟會堂、合一堂、禮賢會、香港基督教墳場6348號無名碑⋯⋯】

畫外音　滾滾紅塵，
　　　　覆不住仰照穹蒼、和合天心的十架頌禱；
　　　　囂囂叫嚷，
　　　　蓋不了救傷扶危、施棺送葬的儒者叮嚀。
　　　　在斜斜的路上，
　　　　原來是遍地仁心，

為了肢體、國魂與靈魂，

付予了精誠！

讓我們還奄息以生命，

撥塵囂以澄明，

重返斜路，

聆聽百載先賢的壯歌和祝福。

【緊接之前第三場：上斜與下坡的兩邊人馬互不相讓，結果碰撞在一起，其中一箱生果倒翻了，掉出一個個柑子，更跌出了一盒盒東西來，其中一盒翻開了，散出了一些黑色粉末。女傭和挑夫乙慌忙分別撿拾柑子和撥收粉末，轎內的周伯鑾終於按捺不住，走下轎來。】

鑾　　（與生對望……）呵！原來你呀！坤，你搞乜鬼？（望紅）你都喺度？

【生、紅不知所措……】

生　　大哥，我哋幫教會送貨。

紅　　……周生，係呀，幫道濟會堂送生果……

鑾　　但係點解你哋著成咁？

【生、紅不曉得怎樣回答。】

鑾　　點解呢啲咁攻鼻嘅粉會同啲柑放埋一齊？（細看手指那些粉末）

【就在這時，李紀堂與王振初牧師由上路荷李活道道濟會堂奔下，忙趨前與鑾打招呼。】

李　　伯鑾兄，咁啱呀！

鑾　　咦，紀堂兄，乜你又咁啱嘅？

李　　哦，今日年廿三喇，就嚟過年，年尾教會有好多聚會同活動，咁咪响和記棧度訂咗批生果囉。同你介紹，呢位王振初牧師，係我哋道濟會堂嘅主任牧師，呢位係周伯鑾，社會名流，東華同保良嘅總理，慕生弟兄嘅尊兄。

【王、鑾二人互相握手。】

王　　係呀，道濟會堂係我哋中國人自立嘅教會，都好重視我哋自己中國人嘅節日，所以要訂定咁多柑……慕生話要體驗吓勞動喎，係都要自己擔番份喎……（見鑾在把弄着炸藥，急托詞應付）哦，呢啲粉末一浸味哩？係化學肥料嚟㗎……哦，係廣州芳村巴陵教會 Kollecker 牧師托我訂運嘅，佢係德國牧師嚟嘅，佢開咗間肥料廠，我見年尾啲咕喱會好忙，咪一次過搬埋先囉！

鑾　　噢！化學肥料，教會嘅肥料廠用嘅……

李　　係呀，芳村嘅教會專係服侍嗰度嘅農民！

鑾　　（咳嗽，耐不着寒冷）唔好意思，我有病要趕住去東華睇醫生，呢度好凍，失陪先嘞。

李　　保重呀伯鑾兄，上面斜路口，寧舍大風，下面上轎喇。

王　　幸會，幸會。

李　　（向挑夫）快啲讓開條斜路，俾周生落去先！

鑾　　（臨上轎前，轉身）王牧師，拜托你照顧我細佬喇。

【鑾和轎夫下坡離去。】

生　　好彩你哋及時嚟到。

李　　我哋喺窗口度望實條斜路，見到好似有啲唔對路，咪拿
　　　拿聲趕落嚟囉。都係牧師好嘢，咁都俾你兜得住。

王　　我講咗好多大話呀！唔係，唔係好多啫，淨係講咗化學
　　　肥料啫，都唔太離譜吖，都係化學嘢嚟啫？改咗兩個字
　　　之嘛，上帝會明白嘅。

紅　　但係佢會唔會信呢？

第十一場
私語

時：同上場，約三小時後

地：道濟會堂門口

人：周伯鑾（鑾）、轎夫甲、轎夫乙、道濟會堂門房（門）、周慕
　　生（生）

【轎夫抬着周伯鑾，上斜路至道濟會堂前不遠處，停下。】

鑾　　　（下轎，向轎夫）你哋抬頂轎去嗰邊等我，我要去道濟
　　　　會堂辦少少事。

轎夫　　係，周老爺。

鑾　　　（把藥交給轎夫）同我拎住包藥先，唔好跌咗呀。

轎夫　　係，周老爺。

【轎夫下。】

【鑾步向道濟會堂門口。】

鑾　　　我想見一見周慕生醫生。

門　　　邊位周醫生？呢度係教會嚟喎。

鑾　　　係國家醫院嘅周慕生醫生，佢又係你哋教會嘅執事。我頭先去醫院搵佢唔見，醫院叫我嚟呢處試吓喎。

門　　　（打量，見鑾一臉病容）你邊位搵佢？

鑾　　　我係佢嘅病人⋯⋯

門　　　佢而家開緊會嘛。

鑾　　　係急症，麻煩你吖，講幾句啫。

門　　　咁你等等。入嚟等喇，出面咁凍。

鑾　　　唔使咯，一陣啫。

【門房入內，鑾在寒風中等候。】

【不一會，生隨門房出，已換回衣服。】

門　　　就係呢位先生⋯⋯

【生見是鑾，欲轉身入內。】

鑾　　　（叫住）周醫生，係急事，幾句啫，唔會阻你好耐。

【生猶豫。】

鑾　　　我哋過嗰邊傾吖？

【生隨鑾走至一角。】

鑾　　　返去！

生　　　返去邊？

鑾　　　返屋企！

生　　　我有我屋企。

鑾　　　你屋企喺般含道！

生　　　我而家住喺醫院。

鑾　　　醫院唔係周家！

生　　　我姓周就得喇。

鑾　　　你知就好喇，你咁樣冒險法，你點對得住阿爹？

生　　　（稍頓）冒險？冒咩險？我唔知你講乜！

鑾　　　化學肥料？同啲柑擺埋一齊？你估我懵嘅咩！咁嘅險你都冒？

生　　　（再頓）如果冒險可以換嚟千、百萬人嘅幸福，值得！

鑾　　　可以咩？你唔好咁天真喇，坤！成功機會有幾多？

生　　　唔高。但係我哋會盡力而為。

鑾　　　如果失敗呢？

生　　　已經失敗咗兩次，今次只許成功，不許失敗。

鑾　　　如果「肯定」會失敗呢？

生　　　未發生嘅事，冇人可以肯定。

鑾　　　（稍頓）我知呢個係你嘅理想。我都有我嘅理想㗎！邊個唔想國家強大？但係……你係咪一定要搞革 ——（頓）你仲有好多嘢可以做，可以學張謇咁興實業，辦教育……

生　　　　大哥，我唔想再同你拗。（鑾欲再説，生雙手握着鑾的雙手）……

鑾　　　　會冇命㗎！

生　　　　大哥，我知你嘅心事……呢度凍呀，你又有病，你返去先喇，入面等緊我。（欲走，轉身）你放心，我唔會話你㗎搵過我！（走回道濟會堂內）

鑾　　　　坤……

第十二場
事泄

時：五天後，1903 年 1 月 26 日（光緒廿八年，歲次壬寅十二月
　　二十八日，星期一），「大明順天國」計劃起事前兩天

地：威靈頓街 24 號（即德己立街 20 號）和記棧鮮果店頂樓

人：李紀堂（李）、謝纘泰（泰）、警察：甲（帶隊）、乙、丙、丁

【連續、急促的拍門聲。】

【泰、李正在翻閱文件、信件、地圖，聞聲即匆忙收藏……】

【警察破門而入。】

警甲　　唔准郁！香港警察，而家懷疑你哋策劃動亂，呢張係法
　　　　庭搜令。（示搜令。向乙、丙、丁）搜！

【泰、李無所遁形，束手待搜。乙、丙撿拾文件，交與甲，丁搜
尋有沒有人匿藏。】

甲　　　（讀）「大明順天國南粵大將軍檄文」、「大明順天國元年
　　　　南粵大將軍申明紀律告示」、「天下太平後，立定年限，
　　　　由人民公舉賢能為總統，以理國事。」唔……

【乙再交上文件。】

甲　　　（讀信）「廣州芳村和記肥料廠收。」「香港布士兜洋行寄。」（打開信）「已訂購生果一批，收妥即藏。」唔，生果、肥料……（再讀另一封信）「到廣州後速與信義洋服店聯絡……」好，好清楚！

【丙再交上文件及地圖。】

甲　　　（讀）「除夕與歲首之交，廣州萬壽宮，德壽率眾官賀年，點火引爆！……」證據確鑿！（向丁）入面仲有冇其他人？

丁　　　報告沙展，並無發現。

甲　　　將呢兩個人帶走。

【乙、丙、丁正要押走兩人……】

李　　　（拿出名片）咪住，我係李紀堂，港督卜力爵士委任嘅太平紳士。

甲　　　（看名片）啊，原來係李紳士！對唔住。放開佢。

【乙、丙、丁放開李。】

甲　　　不過……

泰　　　不過乜嘢？我哋犯咗咩法？

甲　　　我哋香港警方懷疑你哋策劃動亂。

泰　　　證據呢？

甲　　　喺晒呢度喇！（指文件）

泰　　呢度講嘅係廣州嘅事，唔係香港，我哋喺香港冇犯法。

甲　　但係清政府……

泰　　香港係英國殖民地，同清政府冇關係。

甲　　但係人都知……

李　　呢位謝纘泰先生同《泰晤士報》嘅駐華記者莫理遜係好朋友，仲有《士蔑西報》嘅史密斯同克銀漢都係謝先生嘅拍擋，你哋拉咗佢，報紙嘅輿論會……

甲　　（思量片刻）放開佢。

【乙、丙、丁放開泰。】

甲　　李紳士，謝先生，兩位我唔敢打擾嘞，不過，呢啲嘢就要攞走，我哋要向上頭交差。收隊！

【警甲、乙、丙、丁走。】

泰　　即刻通知廣州嘅洪全福、芳村嘅宋居仁，叫佢哋防範，必要時取消行動。阿葉同鄧老三呢？

李　　已經上咗去。

泰　　仲有邊個未出發？

李　　有，慕生同小紅。

第十三場
驚噩

時：十九天後，1903 年 2 月 13 日（光緒廿九年，歲次癸卯正月
　　十六日，星期五）

地：般含道周家

人：周伯鑾（鑾）、陳順嬌（嬌）、昭蘭（蘭）、張媽（張）、李紀
　　堂（李）、泉叔（泉）

【「大明順天國」事泄後十九天，周伯鑾娶妾的翌日，早上。客廳
內，昨晚的喜幛還未除下，祖先供桌上仍放着禮餅糕點，飯桌上
則放着兩人的早點餐具。嬌在指示張，為放在廳內的行李作最後
的檢查。】

張　　　大少奶，應該執齊晒喇。要唔要叫大少爺同細少奶出嚟
　　　　食粥？

嬌　　　仲有啲時間，火船開十二點啫，等佢瞓多陣啋喇，琴晚
　　　　搞到咁夜。日子一早就定好咗，客人都請晒咯，改都改
　　　　唔切。冇辦法喇，唯有辛苦佢囉！

張　　　係囉，大少應該推咗南通嗰邊唔去吖嘛，自己琴晚先啱
　　　　啱做新郎哥……二少爺又唔返嚟，硬頸到死！

嬌　　二少，喺醫院好忙呀！

張　　南通喺邊度嚟㗎？乜要搭成咁多日船咁耐嘅？嗰個乜
　　　鬼張謇邊個嚟㗎？都唔通氣，新年流流要人出門。

嬌　　南通喺上海仲要上啲。咩邊鬼個？張謇係中國嘅大實
　　　業家⋯⋯

張　　咩實業家？

嬌　　總之係大老闆喇，中咗狀元都唔做官，去開紗廠，仲自
　　　己出錢準備開中國第一間師範學校，而家校舍都落成
　　　喇，開學喇。你大少爺最欣賞嘅人就係佢，成日都話要
　　　學佢㗎。一收到電報知道話請埋佢去參加校舍落成禮
　　　啫，不知幾開心、幾興奮，邊會推唔去呢？佢話要趁機
　　　會同張謇傾吓生意人點樣辦教育救國家喎。咁啱今日
　　　有船期，咪訂咗今日嘅船飛囉，唔係等到下一水船就夾
　　　唔啱時間上去㗎喇。

張　　唔怪得之大少爺咁上心東華啲義學喇！點解你又唔陪
　　　佢一齊去？

嬌　　我要幫佢睇實「利昌源」吖嘛。

張　　大少爺，細少奶早晨！

【鑾與蘭出。鑾已整裝待發，蘭扶持在後，未見親暱，似是昨夜
未曾春宵。】

鑾　　都執好晒嗎？

嬌　　執好晒喇。快啲食粥喇。

蘭　　大少奶早晨。

嬌　　點呀，蘭妹，琴晚好瞓嗎？

鑾　　琴晚就委屈佢咯。我成晚要撳返張攣啲信嚟睇，仲有好
　　　多辦教育嘅資料要準備，叫佢瞓佢又唔肯瞓。（向蘭）
　　　庄炷香俾祖先先喇，跟住斟杯茶俾大少奶。

嬌　　「千釣」³得喇，琴晚咪斟咗囉。

鑾　　琴晚還琴晚，今朝還今朝，呢啲係規矩，冇得「千釣」
　　　嘅！（向蘭）以後朝朝早都要庄香俾祖先同埋斟茶俾大
　　　少奶，知嗎？

蘭　　知道喇，大少。

嬌　　（悅）好喇，好喇。

【蘭正在庄香之際，泉叔入。】

泉　　大少，李紀堂先生嚟咗，話有急事要見你。

252

鑾　　急事？（看錶）叫佢入嚟。

嬌　　泉，準備好轎未？

泉　　已經準備好喇。（出）

嬌　　唔好傾咁耐喇，睇住個鐘呀。

鑾　　我出門之後，得閒咪去國家醫院度睇吓佢囉！

3　　編劇按：「千釣」，馬來華人常用語，意指隨便。

嬌　　得喇！長氣！都話你喇，個心係掛住個細佬嘅。

【李紀堂自外急步入。】

李　　（匆忙、面有難色）伯鑾兄 ——

嬌　　紀堂……

李　　阿嫂，唔好意思，咁早打擾。

嬌　　乜嘢緊要事？伯鑾要趕住出門噃。

李　　慕生喺廣州出咗事！

嬌　　吓？

蘭　　咩話？二少……？

鑾　　（焦急）出咗咩事？咩事？乜阿坤仲會上咗去廣州咩？冇可能㗎！佢唔係喺醫院咩？

李　　仲有小紅啄。佢哋俾德壽捉咗，告佢哋謀反，判咗死刑，就快要處決。（頓）我哋有弟兄傳嚟佢嘅口訊，話想見你一面。（拿出十字架）佢叫人交俾你！

鑾　　死刑？阿坤判咗死刑？（晴天霹靂）點會咁㗎？佢有上去廣州咩？點解仲要上去！點解仲會有革命㗎？吓？乜唔係已經……（收口）

李　　係有人告密！丟那星！上個月廿六號，年廿八嗰日，我哋喺和記棧嘅機關俾香港警察衝入嚟搜查，搜晒我哋啲文件。

鑒　（追問）既然乜嘢文件都搜晒咯，咁即係計劃曝晒光喇，香港政府實會通知上面㗎……都穿晒咯，仲邊有可能成功？根本冇可能成功㗎！（捉着李紀堂，質問）點解你哋唔取消行動？仲要革咩命吖？呢，而家革咗阿坤條命嘞！係你哋害死我細佬！

嬌　伯鑒！

李　件事穿咗，我同纘泰已經馬上通知廣州嘅人，叫佢哋小心防範，甚至要取消行動，話「大明順天國」已經夭折。我已經叫咗仲未出發嘅人唔好去。但係慕生同小紅佢哋唔肯放棄，話既然已經有咁多弟兄集合晒喺廣州，大家又準備好晒咯，或者隨時會有啲乜嘢突發嘅行動，就話一定要上去！而家判咗死刑嘅唔止慕生同小紅，仲有十幾個弟兄！

鑒　（激動）明知係死路一條，都仲要擺埋去！點會咁㗎？係人都唔會喇！呢啲係乜嘢人嚟㗎？坤，點解你兩個咁蠢？

李　你唔會明我哋㗎喇！

鑒　（急起）仲有冇得撈？咁個德國牧師呢？你哋冇搵德國領事出面咩？外國人出面，應該冇事㗎！

李　郭牧師都幾乎自身難保。今次證據確鑒，德國領事都唔敢出面幫手！

鑒　（拼命再想辦法）使錢掂唔掂？吓？拜托你，紀堂，使幾多都唔緊要……

李　　　冇用。如果得嘅，我一早已經使咗喇。

【泉叔入。】

泉　　　大少爺，唔好意思，轎夫話差唔多要起行喇，唔係趕唔切去火船頭喎。

張　　　咁點呀，大少爺？

嬌　　　伯鑾……

張　　　大少爺，咁你上唔上去見二少爺 —— 最後一面？

鑾　　　阿泉，你同我搵條船返嚟，無論係貨船、運煤船、漁船，今日我點都要上去。

嬌　　　紀堂，伯鑾而家上去，安唔安全㗎？

李　　　應該冇問題，我哋會疏通㗎喇。

嬌　　　應該？「會」？咁即係有事定冇事呀？你估兩廣總督德壽係懵咩？

李　　　我知德壽唔係懵，三番兩次都能夠偵破我哋嘅行動！但係佢今次嘅安全，我可以保證。

蘭　　　（仍在祖先桌前）對唔住呀……我唔知呀，不過……會唔會係一個局？

嬌　　　局？

蘭　　　我亂諗咋……李先生，你話你哋有弟兄傳嚟二少口訊，話想見大少最後一面。你估會唔會係假㗎？

嬌　　　你係話，如果伯鑾上去，就捉埋佢？

李　　你係話，德壽假傳消息，引其他人入局？

蘭　　啲拐子佬好興設啲咁嘅局……

李　　（頓悟）係呀！大戲都有做啦，伍子胥……總之係想約晒出嚟，然後殺晒佢哋全家……點解我醒唔起？

嬌　　即係一網打盡？周家咪絕後？

蘭　　我諗二少唔會叫大少去冒啲咁嘅險……

張　　咁點呀，大少，去唔去救二少呀？

嬌　　伯鑾……

李　　伯鑾兄，唔好去呀！

【泉叔入。】

泉　　大少，一時之間搵唔到船呀，我已經發散人去搵喇！

【鑾起身取行李，往大門處，眾人追前。】

嬌　　伯鑾！你唔去得喫！你去親就返唔到嚟，周家就冇喇！（眾人跪下）

鑾　　坤，大哥對你唔住！（頹然跪下，手裏握着慕生留下給他的十字架）

256

第十四場
悔疚

時：往後數天、數月、數年……，每逢道濟會堂有聚會的日子
地：道濟會堂門外
人：道濟會堂門房（門）、周伯鑾（鑾）、王振初（王）

【每逢道濟會堂禮拜的日子，周伯鑾總是呆呆地來到道濟會堂門外，向門房打聽慕生的消息。】

鑾　　請問有冇見到阿坤？

門　　阿坤？邊位阿坤？

鑾　　係周慕生醫生！

門　　醫生？

鑾　　呵，係周慕生弟兄！

門　　冇見咗佢好耐咯噃。

鑾　　呵，唔該！

【燈光轉換，又是道濟會堂禮拜的日子，周伯鑾又是呆呆地來到道濟會堂門外，向門房打聽慕生的消息。】

鑾　　請問有冇見過周慕生弟兄？

門　　　冇。聽講佢⋯⋯

【燈光再轉換，又是道濟會堂禮拜的日子，周伯鑾又是呆呆地來到道濟會堂門外，向門房打聽慕生的消息。】

鑾　　請問⋯⋯？

門　　　冇。

鑾　　唔該。

【燈光續轉換，又是道濟會堂禮拜的日子，周伯鑾又是呆呆地來到道濟會堂門外，向門房打聽慕生的消息。門房不待鑾開口，已搖頭示不了。】

【燈光復轉換，又是道濟會堂禮拜的日子，只見周伯鑾在門口，門房已不在了。鑾不忍離去。王牧師走出來，周伯鑾掏出慕生的十字架交給王牧師，跟着便倒在王牧師的懷中，泣啜起來。王牧師輕拍着他，安慰這個悔疚的靈魂⋯⋯】

第十五場
見證

時：八年後，1911 年 5 月 18 日（宣統三年，歲次辛亥四月二十日，星期四）黃花崗之役後第二十一天，清廷公佈「皇族內閣」後十天／八年前，1903 年（光緒廿九年，歲次癸卯）秋決日

地：道濟會堂／刑場

人：王振初（王）、周伯鑾（鑾）、陳順嬌、昭蘭、張媽、李紀堂、鄧蔭南、宋居仁、傅小紅母、會眾多人；周慕生（生）、傅小紅（紅）、行刑官、刑場上待處刑的革命烈士多人

【春末夏初，正是台灣相思花熟的季節。斜路上，黃花飄飄，落滿一地。】

【晚上，道濟會堂禮拜堂內，聖樂莊嚴而平和。王振初牧師在這一晚特別的安息禮拜中，主持聖餐禮。】

王　　（舉起餅）……主耶穌被賣嘅嗰一晚，同門徒共進晚餐，佢拎起餅，祝謝咗，就擘開，然後在餅盤上把餅研磨，發出壓碎嘅聲音。然後遞俾門徒，話：「你們拿去吃吧！這是我的身體，為你們捨的，你們應當如此行，為的是紀念我。」又攞起杯嚟，祝謝嘞，（舉起杯）「這是我的

血，是為你們和眾人流的，你們應當如此行，為的是紀念我。」……

【會眾正在領餅，其中有失明的傅小紅母，由陳順嬌及昭蘭攙扶着，各人領餅後回位。周伯鑾是最後領餅的一個，他已剪了辮子，身穿初夏的西服。】

王　　　各位弟兄、姊妹，廣州之役已經發生咗廿一日喇，我哋藉住今晚特別嘅安息禮拜，祈求上主，撫慰喺呢次死難嘅主內弟兄，同埋其他一齊遇害嘅英靈。亦都特別要紀念到，十年以來，為國家獻出寶貴生命嘅香港同胞，尤其係第一位犧牲嘅楊衢雲弟兄，同埋八年前返咗天家嘅本會會友周慕生弟兄、傅小紅姊妹。佢哋喺人世間嘅事業雖然暫時失敗，但係佢哋敢於做鹽作光、甘願捨己犧牲，已經係實踐咗基督嘅十架精神。今次犧牲嘅烈士喺黃花崗得到殮葬，全靠廣州一位慈善家潘達微先生冒險出面，先至唔使烈士嘅骸骨，曝屍荒野。我哋教會一位弟兄亦都有份參與其中，佢親赴廣州，出咗唔少錢同埋力，協助殮葬。其實佢喺六年前同盟會成立嘅時候，就已經將佢居賢坊嘅舊屋捐出嚟，做同盟會嘅接待所。佢就係周伯鑾弟兄，周慕生弟兄嘅大哥。而家請周弟兄出嚟同大家做見證。

鑾　　　（步上講台）各位弟兄姊妹，十年前，楊衢雲弟兄就喺呢度斜路下面冇幾遠嘅屋企被暗殺，當時，我無動於衷。八年前，我細佬周慕生同傅小紅姊妹，明知死路一條都要上廣州參加「大明順天國」嘅行動，當時，我唔明白。之後，革命嘅事不單冇靜落嚟，而且仲愈嚟愈多，愈嚟愈悲壯，於是就有今次三月二十九嘅起義……

我以前仲以為可以等清朝改，仲以為「得尺則尺，得寸則寸。」諗住寸進都好喇，點知，太令人失望喇！呢，就十日前公佈嘅所謂「責任內閣」，大家都清楚喇，原來係「皇族內閣」！係大倒退！原來天真嗰個係我！今次烈士嘅犧牲，每一個故事都係一個見證，我只不過因為喺東華義莊有少少經驗同關係，所以上去幫手做個跑腿啫。如今，七十二烈士總算安葬嘞，但係，仲有幾多之前犧牲嘅志士仁人，喺人間蒸發？我呢次去，就係想睇吓搵唔搵到我細佬屍埋何處？……我搵唔到。不過，感謝神，當我去到芳村嘅教會，有一位弟兄交咗一封信俾我，係一封八年前嘅信，仲話寫信嘅人叮囑過唔好送出呢封信，只能夠等收信嘅人親自嚟攞……冇錯，呢封信係我細佬寫嘅……（拿出一封殘存的信）

【八年前秋決日的廣州刑場，周慕生與傅小紅給黑布矇眼，跪着等候……】

生　　小紅，多謝你俾我嘅啟示，呢封信，我冇用古文，係用白話寫嘅。

紅　　你唸俾我聽。

生　　（唸）大哥，我明白你嘅立場，但我更相信自己嘅使命。譚嗣同可以走，佢冇走；楊大哥可以走，但係佢寧願坐喺屋企等殺手嚟……死，只不過係一刻間嘅事，不足以論成敗；生，唔單止生存，仲係生活，更加係生命氣息嘅流轉，先至係漫長嘅考驗同堅持。大哥，我相信你終於會親自嚟攞呢封，睇呢封信，因為我對你有信心。我一出嚟做醫生，你就送咗個「仁心仁術」嘅橫匾俾我，

仲係你親手寫㗎。「仁心仁術」，大哥，你都係。呢一刻，我感到好平安，好自在，我有最愛嘅人喺身邊，有我最愛嘅土地喺我腳下，有我選擇嘅路喺我前面。呢條路將會歸向何處，只有神先會知道，不過，呢條路，我同小紅都有份開拓，我哋已經好滿足喇。期望將來喺天家……

行刑官 （畫外音）最後兩個！

紅　　慕生，我要嫁俾你。

生　　好……

紅　　一陣嘅槍聲，就當做我哋婚禮嘅禮炮！

【槍聲。】

【道濟會堂內，周伯鑾剛把信讀完。】

鑾　　我終於睇到呢封信，亦都俾我睇到原來激烈、流血嘅背後，係可以有平安。雖然係遲咗八年，但係相對於將來我同我細佬能夠喺天家永遠相聚，又算得係咩呢？呢個就係我嘅見證 —— 其實，我只不過係代我細佬，同埋我嘅弟婦，做呢個見證啫。多謝。

【會眾默然。】

尾聲

【斜路上。】

【畫外音。】

男 1　衣裳竹，衣裳竹……

男 2　磨較剪鏟刀！

女 1　蕃薯糖水，好靚嘅蕃薯糖水！

女 2　有花賣，好靚嘅大蟹爪！好靚嘅大黃菊！

【全劇完。】

歷史大事與劇本對照年表

（1842-1912）

年份	中國大事	香港大事
1842 道光 22 年	《南京條約》簽訂	香港島割讓予英國；皇后大道落成通車
1845 道光 25 年	英國在上海設立中國第一塊租界	英文報紙《德臣西報》創刊
1847 道光 27 年	容閎隨勃朗牧師赴美，是中國首位海外留學生	文武廟建成，是華人宗教、教育、議事及仲裁活動中心
1851 咸豐元年	太平天國運動爆發	上環下街市(今蘇杭街)附近房屋發生大火
1853 咸豐 3 年	太平天國定都南京，改稱天京	首份華文報《遐邇貫珍》創刊
1854 咸豐 4 年	上海新海關成立，由美、英、法三國人任海關管理委員會委員	天地會受太平軍直接影響，於南方五省起兵(包括東莞)，戰亂十多年
1858 咸豐 8 年	第一次英法聯軍之役結束，簽訂《天津條約》	
1860 咸豐 10 年	第二次英法聯軍之役結束，簽訂《北京條約》	九龍半島割讓予英國
1861 咸豐 11 年	洋務運動展開	外國商人在香港成立「香港商會」

與本劇有關的人物、情節	
史實根據	藝術創造
香港墳場（前稱基督教墳場或紅毛墳場）啟用	
洪全福參加金田起義；香港紳商坊眾稟請政府撥地興建廣福義祠	
新會人李陞為避太平軍之亂逃難到香港（李紀堂是李陞第三子）	周禮田乃東莞望族，經歷太平軍（天地會）戰亂
	周禮田長子周伯鑾出生於東莞
楊衢雲生於廣東虎門	周禮田受太平軍迫害，舉家從東莞逃難來港

年份	中國大事	香港大事
1862 同治元年	北京同文館成立	理雅各牧師創辦中央書院（皇仁書院的前身），是為首間官立中學
1864 同治3年	太平天國天京陷落	
1865 同治4年	江南機器製造總局成立	香港上海滙理銀行（香港上海滙豐銀行的前身）創立
1866 同治5年	孫中山出生	香港政府開始發行香港本身的銀元
1867 同治6年	福建船政學堂成立	香港大酒店籌辦中，翌年開業
1868 同治7年	美國駐華公使蒲安臣代表中國簽訂中美《蒲安臣條約》	華商南北行公所成立
1870 同治9年	天津教案發生	政府通過《倡建東華醫院總則》，規例限用中醫中藥
1872 同治11年	清廷首派幼童赴美留學，容閎為副監督	黃竹坑新圍周壽臣是首批赴美留學幼童之一
1873 同治12年	《昭文新報》於漢口創刊，是國人自辦近代報刊之首	港督堅尼地制訂《保護婦孺條例》，以作禁娼
1874 同治13年	清廷派第三批幼童赴美留學；光緒三歲即位，兩宮垂簾聽政	《循環日報》創刊；國家醫院成立，是香港第一間非軍用政府醫院
1878 光緒4年	中國第一套郵票大龍郵票發行	政府委任首位華人太平紳士伍廷芳
1879 光緒5年	中國第一盞電燈在上海公共租界內點亮	
1880 光緒6年	李鴻章創建海軍、在天津設立電報總局	定例局（立法局）委任首名華人議員伍廷芳

與本劇有關的人物、情節	
史實根據	藝術創造
太平軍部將謝日昌逃往澳洲	周禮田在港艱苦謀生，白手興家
太平軍將領洪全福逃抵香港，加入德國教會，改業行船	
王煜初任禮賢會傳道人	
英國殖民廳接管海峽殖民地（檳城、馬六甲、新加坡）	陳順嬌出生於馬來西亞檳城
金山莊行業興旺，主要負責北美洲的交易	周禮田在港創辦「利昌源」金山莊；次子周仲坤出生於香港
東華醫院創辦，創院總理13人，其一是李陞	張媽喪夫，入周家為傭
謝纘泰生於澳洲雪梨；東華醫院建成啟用	
東莞僑商上書港督請准成立保良公局，緝拿拐匪，保赤安良	周伯鑾正式隨父經商
港府擬廢除蓄賣婢女制度，因保良華商反對而未果；政府以發牌制度，容許指定地區經營妓院	
東華醫院創辦首間義學	傅小紅出生，父為戲班男花旦

年份	中國大事	香港大事
1882 光緒 8 年	丹麥大北電報公司在上海開通了第一個人工電話交換所	東方電話電力公司首推公共電話服務
1883 光緒 9 年	廣州九龍間電報開通；孫中山從檀香山返鄉	潔淨局成立；孫中山從鄉間來港，入讀拔萃男書室，與陸皓東於公理會佈道所受洗為基督徒
1884 光緒 10 年	中法戰爭爆發	孫中山入讀中央書院
1885 光緒 11 年	簽訂《中法新約》，法國全權管理越南，中國喪失對越南宗主權	山頂纜車開始興建
1887 光緒 13 年	台灣建省，劉銘傳任首任台灣巡撫；英美傳教士於上海成立廣學會	雅麗氏利濟醫院創立，內設香港西醫書院（香港大學醫學院的前身），孫中山於同年入讀
1888 光緒 14 年	光緒親政；唐山至天津鐵路修成及通車	山頂纜車通車
1889 光緒 15 年	張之洞調任湖廣總督，成為後起的洋務派首領	香港電燈公司成立
1890 光緒 16 年	張之洞辦漢陽兵工廠	香港電燈公司開始供電
1891 光緒 17 年	清政府批准在青島設防，此為青島建置之始	發行第一枚紀念郵票，紀念開埠五十週年
1892 光緒 18 年	頤和園重修完成	楊衢雲、謝纘泰等創立輔仁文社；孫中山於香港西醫書院畢業
1893 光緒 19 年	湖廣總督張之洞奏請清政府創辦自強學堂	鄭觀應在香港出版《盛世危言》
1894 光緒 20 年	中日甲午之戰爆發；興中會於檀香山成立	太平山街爆發鼠疫，二千人染病死亡

與本劇有關的人物、情節	
史實根據	藝術創造
《保良局條例》刊憲，訂明公局可僱用暗差、訪事辦案，總理可持「總理牌」搜查拐匪行蹤	
王煜初受按立，成為禮賢會牧師	
東華醫院因賑濟廣東水災，獲清德宗御賜「萬物咸利」牌匾	周伯鑾迎娶南洋華僑陳順嬌
謝纘泰隨父謝日昌從澳洲來港定居，入讀中央書院	
道濟會堂成立，是香港首間華人自理教會，王煜初是首位主任牧師；政府頒佈《歐洲人住宅保留條例》，堅道與威靈頓街之間只可建西式洋房	王振初出任道濟會堂主任牧師
	周仲坤入讀香港西醫書院
高陞戲院落成；戲班不容女性（港府直至1933年末始撤男女同班禁例）	傅小紅父失聲，失意戲班，傳藝女兒
東華借出廣福義祠地段協助保良公局建立局址	周仲坤道濟會堂受洗，改名慕生
香港西醫書院首屆畢業有孫中山和江英華兩人	周伯鑾任東華醫院總理
香港西醫書院第二屆畢業有關景良一人	
政府強迫拆毀太平山街一帶華人住屋，清洗太平地；鄧蔭南、宋居仁參與成立檀香山興中會	周慕生於香港西醫書院畢業，任國家醫院醫生

年份	中國大事	香港大事
1895 光緒 21 年	《馬關條約》簽訂；廣州首義（乙未廣州之役）失敗，陸皓東殉國	香港興中會成立，輔仁文社加入，楊衢雲是首任會長
1896 光緒 22 年	中俄簽訂《中俄密約》；梁啟超上海創辦《時務報》；嚴復譯《天演論》；孫中山倫敦蒙難	孫中山被禁止在港居留活動；保良公局於普仁街自建局址
1898 光緒 24 年	維新運動及戊戌政變發生；列強租港灣，劃分勢力範圍	中英簽訂《展拓香港界址專條》，英國租借新界，為期 99 年
1899 光緒 25 年	美國國務卿海約翰向列強提出中國門戶開放	新界爆發六日戰爭
1900 光緒 26 年	庚子義和團排外，引發八國聯軍之役；唐才常組織自立軍起義失敗；惠州起義失敗；慈禧下詔罪己	陳少白主編《中國日報》，宣傳反清
1901 光緒 27 年	《辛丑條約》簽訂；清廷設立政務處，籌辦新政	1 月 10 日，楊衢雲被暗殺，翌日凌晨於國家醫院不治；青年會（YMCA）創立
1902 光緒 28 年	慈禧頒勸誡婦女纏足詔諭；梁啟超在日本創《新民叢報》，宣傳君主立憲；蔡元培、章炳麟、秋瑾等創立光復會	英國商人在調景嶺創建當時為東南亞最大的麵粉廠
1903 光緒 29 年	大明順天國（壬寅廣州之役）行動失敗；黃興、宋教仁等組織華興會	《孖剌西報》編輯主任克寧漢與謝纘泰等於都爹利街籌辦《南華早報》
1904 光緒 30 年	日俄東北大戰爆發	電車通車

與本劇有關的人物、情節	
史實根據	藝術創造
香港西醫書院第三屆畢業生有胡爾楷、王世恩兩人	周禮田死
耶爾贊醫生成功培植鼠疫菌；港督羅便臣發表《1896年調查東華醫院委員會報告書》	周禮田忌辰，周伯鑾、慕生就祭祖、醫藥、父死、信仰及政見等問題爭執
謝纘泰等成立華商會所；德國牧師郭宜堅（Kollecker）於芳村建立教會	
東華於大口環道現址建成東華義莊	
李紀堂加入興中會，資助創辦《中國日報》，資助惠州起義；鄧蔭南謀炸署理兩廣總督德壽；宋居仁參與庚子廣州起義	周伯鑾兼任保良公局總理
李紀堂購置青山農場，暗為革命機關；1月12日謝纘泰、何啟、區鳳墀、關景良等人葬楊衢雲於香港墳場；8月鄭士良暴卒；9月26日中秋前夕，謝纘泰、李紀堂、洪全福等於和記棧策劃「大明順天國」起義	周慕生參與策動「大明順天國」起義；周慕生於李紀堂戲局初識傅小紅；周伯鑾救出孤女昭蘭；周慕生於香港墳場首次約會傅小紅；周伯鑾、慕生兄弟至冬至日決裂
張謇於南通創辦中國史上第一所師範學校「通州師範」	
1月26日「大明順天國」事泄，香港警察搜查和記棧，梁慕信、梁慕義等十餘人於被捕後處決；洪全福等逃脫；謝日昌憂憤而卒；南通師範校舍落成開課	1月10日傅小紅在香港墳場決志；1月21日周伯鑾、周慕生兄弟斜路相逢；2月12日周伯鑾納昭蘭為妾，翌日準備啟程往南通師範出席落成開課典禮；周慕生、傅小紅在廣州刑場被處決
李紀堂任東華值理	

年份	中國大事	香港大事
1905 光緒 31 年	同盟會成立於東京	同盟會香港分會成立
1906 光緒 32 年	清政府宣佈預備立憲	香港病理學院啟用，上環街市（北座）落成
1907 光緒 33 年	同盟會黄岡、七女湖、防城、南關起義失敗	
1908 光緒 34 年	慈禧、光緒逝世；欽州、河口起義失敗	立法局會議通過反對禁煙及關閉煙館
1911 宣統 3 年	4 月 27 日黄花崗之役；5 月 8 日清朝廷成立責任內閣；10 月 10 日武昌起義	九廣鐵路華段通車；廣華醫院成立；頒佈《香港大學組織條例》
1912 民國元年	1 月 1 日，中華民國成立	香港大學本部大樓建成啟用

與本劇有關的人物、情節	
史實根據	藝術創造
李紀堂出資成立「采南歌」劇社，與程子儀、陳少白組「志士班」，改良粵劇，宣傳革命；同盟會於居賢坊等多處先後設立招待所	周伯鑾捐出居賢坊舊屋為同盟會招待所
張謇出任預備立憲公會副會長，主張「得尺則尺，得寸則寸」	
頒佈《文武廟條例》，文武廟移交東華醫院管理	周伯鑾在道濟會堂受浸為基督徒
潘達微收葬廣州死難烈士於黃花崗；胡漢民偕香港紳商 30 人返廣州成立軍政府（當中譚肇康、譚煥堂二人為東華、保良總理，亦為同盟會成員）；張謇宣佈放棄立憲，擁護共和	周伯鑾赴廣州協助收葬黃花崗烈士；5 月 18 日道濟會堂舉行安息崇拜，周伯鑾作見證
孫中山任命張謇為民國臨時政府實業部長	

編製：2010 年
修訂：2023 年

三、《斜路黃花》(2010)

演出資料

首演

日期及場次： 2010 年 1 月 21 至 24 日 7:45pm

2010 年 1 月 23 及 24 日 2:45pm

地點： 香港大會堂劇院

主辦及製作： 致群劇社

資助： 香港藝術發展局

康樂及文化事務署按場租資助計劃予以補助

主要編創、製作人員：

編劇： 白耀燦

導演： 羅靜雯

戲劇文學指導： 張秉權

戲曲指導： 何孟良

監製： 卓礫、羅潔瑩

舞台設計： 余振球

化粧及服裝設計： 梁健棠

燈光設計： 溫迪倫

音樂原創： 梅廣釗

音響設計： 姜達雲

形象及服裝設計： 江韋恆

舞台監督 / 執行舞台監督： 何月桂

執行舞台監督： 黃穎敏

主要演員 / 角色：

陳敏斌　飾演　周伯鑾

鄭嘉俊　飾演　周仲坤（慕生）

勞敏心　飾演　陳順嬌

葉佩雲　飾演　傅小紅

周安妮　飾演　昭蘭

郭惠芬　飾演　張媽

重演

日期及場次： 2011 年 5 月 7 至 10 日 7:30pm

2011 年 5 月 8 至 10 日 2:30pm

地點： 葵青劇院演藝廳

主辦及製作： 致群劇社

合辦： 香港中華文化促進中心

主要編創、製作人員：

編劇： 白耀燦

導演： 羅靜雯

藝術顧問： 鄧樹榮

戲劇文學指導： 張秉權

戲曲指導： 何孟良

監製： 張華慶、方競生

製作統籌：　　　余世騰、卓礫
舞台設計：　　　余振球
燈光設計：　　　溫迪倫
服裝設計：　　　黃志強
音樂原創：　　　梅廣釗
音響設計：　　　姜達雲
製作經理：　　　曾以德
舞台監督：　　　嚴雅文
執行舞台監督：　陳楓

主要演員／角色：

廖啟智　飾演　周伯鑾
鄭嘉俊　飾演　周仲坤（慕生）
廖安麗　飾演　陳順嬌（Ａ）
勞敏心　飾演　陳順嬌（Ｂ）
陳安然　飾演　傅小紅
周安妮　飾演　昭蘭
廖愛玲　飾演　張媽

劇評選輯

首演

「《斜路黃花》固然也寫到歷史人物李紀堂、謝纘泰、洪全福、王煜初的身影和行狀，也塑造了周慕生、傅小紅等大義凜然、慷慨赴死的革命志士的光輝形象，然而真正蘊含豐厚、意義深遠的，卻是成功地形塑了殷商名流周伯鑾這一純虛構的人物形象。」

林克歡
〈歷史的質感〉
《斜路黃花》首演及重演場刊

「主角是富商周家兩兄弟……編劇虛構這對兄弟角色，矛盾關係比《十月圍城》富商父子更有代表性……陳敏斌演周家大哥的複雜性格演得很突出。勞敏心演他的賢妻亦生動。至於大明順天國密謀者謝纘泰（吳華新）、洪全福（何孟良）、李紀堂（余世騰）等，都是真實人物，演得各有特色。……涉及宗教、革命、鼠疫、慈善、戲曲、戀愛與婚姻、中西新舊之辯，由（大明）順天國而黃花崗，很豐富。……難能可貴，重提了不應遺忘的香港歷史一頁。」

石琪
〈《斜路黃花》基督徒革命〉
《明報》，2010 年 1 月 27 日

「對於上環，在許多人的腦海裏只有塘西風月。這一次致群劇社為這一帶作了平反，讓觀眾走進戲劇回歸歷史。好一齣《斜路黃花》。也多得致群劇社肯排演這類劇種，而且編得一點不悶場，有高潮起迭，引人入勝。」

李韡玲

〈給致群劇社〉

《香港經濟日報》，2010 年 1 月 27 日

「劇本借一位扮演東華總理的主角，述說東華在當時社會的工作，戲味濃郁，令觀眾上了一課現代中國歷史課。話劇帶出一個重要的訊息，就是伸張社會公義，尋求改變。在大時代裏，個人的力量何等渺小。但劇中的革命者為了實踐理想，不惜犧牲生命，令人敬佩。……謹向所有為東華三院保留歷史及帶來革新和進步的人致意。」

李三元（東華三院己丑年主席）

〈主席感言〉

《東華通訊》，2010 年 1 月號

「《十月圍城》的主角是商人李玉堂；《斜路黃花》的主人翁則是周氏兄弟的商人兄長和醫生弟弟，故事更着墨於東華三院及保良局等老牌香港福利機構。從而以真實環境和具體資料來將戲劇創作包裝。另一方面，《斜》劇對活躍於香港的教會組織亦有頗多描寫，一方面展現了宗教對政治環境的影響力；另一方面，將宗教的犧牲精神與革命事業相提並論，使劇本更具血肉。

白耀燦編寫的劇本資料豐富，雖說主線人物為虛構創作，但周遭支線和配角人物繪影繪聲，致使全劇有很強的真實性。」

佛琳

〈《斜路黃花》展現宗教影響〉

《信報》，2010 年 2 月 1 日

「看罷白耀燦老師編劇紀念辛亥革命一百週年的歷史劇《斜路黃花》，彷彿走進那段艱苦山河歲月。看着那一代身背基督徒身份的中國人，竭心盡力地推動歷史改革的巨輪，承受着責難與危險，放下了安逸與家庭，在狹窄的斜路上挺進，想為國家走出黑暗的盡頭。斜路高處，有十字架巍然聳立；燈火闌珊處，有着無怨無悔的執着。……落在蘸滿人生歷練擅於梳理歷史脈絡的白老師手中，賦與每一個人物更鮮活的生命，抹上更動人的元素，最終讓戲劇回歸歷史，歷史進入戲劇。」

李錦洪

〈斜路上的客西馬尼〉

《時代論壇》第 1171 期，2010 年 2 月 3 日

「雖有藝術加工，卻堅持忠於歷史背景。場刊中有《風雨橫斜》和《斜路黃花》兩劇的年表，將清末中國與香港發生的大事，與劇中歷史人物、虛構人物的行事排比並列。這就真正做到『從歷史走進戲劇，從戲劇回歸歷史』了。」

潘國森

〈琴台客聚：白耀燦踏步斜路〉

《文匯報》，2010 年 2 月 8 日

「戲劇矛盾與張力呼之欲出，當然是兩兄弟之間的角力周旋、雄辯滔滔最為好看：一個認為不對的就得馬上改掉，寧可捨身成仁玉石俱焚；一個認為改變需時，做實事才是最實際。激進與溫和的改革各執一詞，一方要求意識形態上的全面扭轉，另一方則相信潛移默化的文化取替；究竟對錯誰屬，當然是見仁見智。

我認為中間最精采的一環是傅小紅（葉佩雲飾）這個角色的創作。……敢於衝破文化藩籬與慕生相愛的小紅，跟後來因欲報救命之恩而甘願被周伯鑾納為妾侍的昭蘭（周安妮飾）成一強烈對比。」

舒志義

〈《斜路黃花》與《笑之大學》殊途同歸〉

《藝評》，2010 年 3 月 1 日

「這是一齣香港人的歷史劇！劇中的人物來自香港，劇中的場景來自香港，『斜路』……也正正代表着香港。讓香港人和香港地走上近代中國革命的舞台，擔綱演出，當然叫香港人心神雀躍，咸表認同；與此同時，該劇也切切實實的讓香港人反思港人的政治身份及國族認同問題。」

梁元生

〈從《斜路黃花》看華僑基督徒與辛亥革命〉

2010 年 3 月 27 日

「到底歷史是甚麼？應該只記載政治外交軍事的歷史？應該只是記載帝王將相的歷史？一直以來很多人所看的歷史都太狹窄了。此劇借用虛構的角色所反映的正正不是那些在歷史上舉足輕重的

大人物，而是當時活生生在香港生活，名不見傳的小人物，他們
才是真正構成歷史，與我們生活最接近的人們。」

何嘉衡（顯理中學學生）

〈在歷史中的人們〉

「話劇到了尾聲，心裏實在激動。全劇裏沒有一人是壞心腸的，
但反映的衝突、掙扎卻一浪接一浪。有文化的衝突、政見的衝
突、信仰的衝突、家國的衝突、性別的衝突、使命與責任的
衝突。」

網上觀劇回響

重演

「歷史劇難寫，尤以近代史劇為然。人物平面樣板及對白矯情已
成通病。唯耀燦兄之處理的見真功力：周家兄弟之有血有肉、個
別場次（如決裂）之對白張力臨界卻未至狂亂，都是劇場罕見的。
喜見全場爆滿，可見觀眾水平不低！」

林煥光

〈誠意推薦辛亥百年原創歷史劇《斜路黃花》〉

電郵，2011 年 5 月 9 日

「……若所有事都是『畫公仔畫出腸』地表達出來的話，就沒有了
這部歷史劇的原味，帶出了那種感動。除了尤其欣賞中段兄弟就
革命爭執一幕外，我還很喜歡新加的周伯鑾尋弟弟一幕。歲月漸

漸逝去，伯鑾還不肯放棄打聽弟弟的消息，不但能夠突出真摯的兄弟情，還描繪了伯鑾因為告密而衍生的懊悔之心，最後不得不提的是廖啟智先生的精湛演出，成功地把尾段推上（前所）未有的感動。」

現場問卷調查觀眾評語，2011 年 5 月 10 日

「更重要的是……該表列舉了從 1842 年至 1912 年間的中國大事、香港大事、與本劇有關的人物、情節史實根據、藝術創作等內容，可見歷史與戲劇之間的真實與虛構，給人一種歷史感與縱深感。」

〈從歷史走進戲劇，從戲劇觀看歷史與現實的香港〉
《南方都市報》，2011 年 5 月 12 日

「覺得整個劇中反復出現的《聖經》經文和人物強調自己『我是基督徒』，與劇中情節有些脫節。這樣的話不是不可以出現，但是需要在一個非常必須和恰當的時刻出現。否則，就有一種強硬銷售的感覺。我有一個建議，就是這些太過直白的信仰表白反而不出現，因為在背景中，大家自然已經明白他們的身份。由他們的生命說話，而不是由他們的嘴在叫嚷。」

趙晗
〈斜路黃花〉
「To Love & To Be Loved」網誌，2011 年 5 月 12 日

「改良與革命的人物，各懷理想。而白耀燦根據史實，將歷史的真人真事與藝術創作的人物，都在這中上環的斜路相逢與分手，寫出一個虛實交融、可歌可泣、溫和與激進的香港故事，如何在動盪的時代中推動中國革命的前行，如何以基督的大愛化為革命的流血與犧牲。」

張文光
〈斜路黃花〉
《明報》，2011 年 5 月 20 日

「《斜路黃花》把故事設定在一個富商家庭，將革命的背景恰到好處地由日常生活中帶出，基督徒渴望中國能走上富強之路的決心透過演員精煉的演技，再次一一地震撼着觀眾的心。人造歷史，歷史造人，人生不過如戲。如戲，卻是那麼的真實。」

潘志婷（顯理中學學生）
〈《斜路黃花》觀後感〉